Ocean Avenue

Michael Chabon

Ocean Avenue

Erzählungen

Aus dem Amerikanischen
von Denis Scheck

Kiepenheuer & Witsch

Titel der Originalausgabe
A Model World and Other Stories

Aus dem Amerikanischen von Denis Scheck

Umschlag: Kalle Giese, Overath
Satz: Fotosatz Froitzheim, Bonn
Druck und Bindearbeiten: Mohndruck, Gütersloh
ISBN 3-462-02163-X

Ernest Cohen zum Gedenken

Der Autor dankt Mr. Daniel Menaker, Mr. Douglas Stumpf,
Ms. Mary Evans und Ms. Lollie Groth.

Inhalt

Zarter als die Farben des Historikers sind die des Kartographen.

Elizabeth Bishop

TEIL I
Eine Welt im Modell

S ANGEL

Am Morgen der Hochzeit seiner Cousine absolvierte Ira wie immer mit Geduld, Zuversicht und unbarmherziger Akribie seine Toilette. Er zog die italienische Wollhose an, das Seidenhemd und die rosa Socken, denen er eine gewisse sexuelle Wunderkraft zuschrieb, sowie ein leicht abgetragenes, aber noch annehmbares Willi-Smith-Sakko. Er rasierte das Hautdelta zwischen seinen Augenbrauen aus und nahm sich noch ein paar Minuten Zeit, um sein Auto auszumisten, einen verbeulten, etwas miefigen Japaner mit Heckklappe und ohne jede individuelle Note. Ira ging nie irgendwohin, ohne damit zu rechnen, daß er bei seiner Ankunft die Frau seines Lebens kennenlernte. Er mußte quer durch Los Angeles, um von Palms nach Arcadia zu kommen, wo seine Cousine Sheila in einer Synagoge getraut werden sollte, die Ira erst nach längerem Suchen fand. Weil er zu spät kam, störte er die Leute im hinteren Teil der *schul*, und als er sich neben seine Tante Lillian setzte, zwickte sie ihn so fest in den Arm, daß es richtig weh tat. Die Gemeinde – *Conservatives* – war unfreundlich, und während die Zeremonie sich hinzog, überflutete Ira nostalgische Langeweile, und er begann, sich nach Unwiederbringlichem zu sehnen.

Auf der anschließenden Feier im Festsaal des alten El Imperio Hotels in Pasadena hielt er vergebens nach seinen interessanteren Cousinen Ausschau, Zipporah aus Berkeley zum Beispiel, eins achtzig groß und im Frauen-Ruderteam ihrer Uni, oder diese unheimliche Leah Black, die Ira, als sie noch Kinder waren, zweimal gezeigt hatte, was er hatte sehen wollen. Doch wie Ira entstammte auch Sheila einem eher übelbeleumdeten Zweig des Wiseman-Clans, und so waren zu ihrer Hochzeit nicht viele aus der Familie erschienen. Bis auf Iras Großtanten Lillian und Sophie und Sophies zweiten Mann, Mr. Lapidus, waren alle an Iras Tisch Gäste des Bräutigams.

»Du brauchst ein neues Sakko«, sagte Tante Sophie.

»Er braucht eine neue *Uhr*«, sagte Tante Lillian.

Mr. Lapidus meinte, Ira brauche vor allem einen neuen Friseur. An Tisch 17 entspann sich eine lebhafte Debatte, als die Älteren über die Frisuren von heute lamentierten, wobei als Indiz für deren Fragwürdigkeit des öfteren die von Ira – ein kunstvoller Scherenschnitt – herhalten mußte. Ira klinkte sich aus dem Gespräch aus und aß drei oder vier Pfund von dem Lachscarpaccio mit Cantaloupe-Melone und Cilantro, das der Kellner immer wieder anschleppte, und zudem eine beträchtliche Anzahl mit Röhrenpilzen und Ziegenkäse gefüllter *profiteroles*. Er beobachtete die Musiker der Band, vor allem den smart wirkenden schwarzen Tenorsaxophonisten mit den Dreadlocks, und versuchte sich vorzustellen, an was sie wohl dachten, während sie diese schmalzigen Cha-Cha-Chas spielten. Er beobachtete Sheila und ihren neuen Angetrauten, wie sie miteinander flüsterten und im Boxstep durch den Saal tanzten, und wiederholte das gleiche Experiment mit ihnen. Sie schien sich durchaus zu freuen – sie lächelte, strahlte, überglücklich, so ein wunderschönes Kleid tragen zu dürfen –, sah aber nicht aus, als wäre sie verliebt, zumindest nicht so, wie er sich Verliebte vorstellte. Ihr Blick war unruhig, irgendwie besorgt, als versuche sie, sich daran zu erinnern, wer eigentlich dieser Mann war, der ihr seine Arme um die Taille geschlungen hatte, sie nach hinten kippte und ihr einen Kuß auf den Hals drückte.

Als er verfolgte, wie Sheila und Barry von der Tanzfläche gingen, warf ihm die Frau im blauen Kleid einen Blick zu, sah aber gleich wieder weg. Sie saß mit zwei anderen Frauen an einem Tisch unter einer der riesigen Topfpalmen, die

überall in diesem Festsaal standen, den das Hotel »Oasis Room« nannte und entsprechend eingerichtet hatte. Als Ira ihren Blick erwiderte, spürte er eine angenehme innere Wärme, als hätte er gerade ein Glas Whiskey gekippt. Einen Moment lang hatte das Gesicht der Frau fast etwas Kurzsichtiges, das gleich darauf einem Ausdruck leichten Mißmuts wich. Ihre Haare waren kraus und blondgefärbt, ihre Lippen dick und rot, aber unwirsch und krittelig, und der Lidschatten um ihre Augen, die grau oder braun sein mochten, paßte zu ihrem stahlblauen Kleid. Die anschließende Musterung ergab, daß ihr Körper besser gealtert war als ihr verblühendes Gesicht, das er dennoch schön fand und wo er – in der Haut am Hals und um die Augen – Spuren von Hader und schlechten Erfahrungen zu lesen meinte, aber auch die Bereitschaft, ihr Glück zu versuchen.
Ira stand auf und näherte sich der Frau unter dem Vorwand, zur Bar zu gehen, ein Unterfangen, das ihn an ihrem Tisch vorbeiführte. Dabei taxierte er sie noch einmal mit einem langen verstohlenen Blick und erhaschte einen Fetzen ihres Gesprächs. Ihre Stimme klang sanft und ein klein wenig kläglich, als sie mit ihrer Tischnachbarin redete und, wie Ira schien, etwas Abschätziges über Schuhe von Rechtsanwälten sagte. Die Löcher in ihren Ohrläppchen waren mit schlichten Goldstäbchen gefüllt. Wie ein Komet glitt Ira an dem Tisch vorbei, im Glauben, einen glitzernden Schweif aus Lüsternheit und Eau Sauvage hinter sich herzuziehen, doch sie schien Ira nicht zu bemerken, und als er zu der Bar kam, stellte er überrascht fest, daß er wirklich Lust auf einen Drink hatte. Sein Körper war unberechenbar und ließ sich die verschiedensten Beschwerden einfallen, daher war Ira kein großer Trinker; aber schließlich kosteten die Getränke nichts. Er bestellte einen doppelten Sauza.
Hinter ihm unterhielten sich zwei Männer, die auf ihre Drinks warteten, und ohne sich umzudrehen, rückte Ira ein

wenig näher an sie heran, damit er besser zuhören konnte. Er stand an der UCLA kurz vor seinem Abschluß in Theaterwissenschaft und nützte beflissen jede Gelegenheit zu schauspielerischen Übungen: mal lauschte und spionierte er, mal erzählte er Mitreisenden im Flugzeug vertrackte Lügen.

»Diese Charlotte war ein Aas, ein ausgebufftes Luder, ein Miststück durch und durch«, sagte einer der Männer im samtigen Timbre eines Radiosprechers, der klassische Musik ansagt. »Vom Arsch bis zu den Augenbrauen.« Er hatte einen ganz leichten New Yorker Akzent.

»Genau, genau«, sagte der andere, der älter klang und offenbar gewohnt war, jungen Männern nach dem Mund zu reden. »Keine Frage. Du hast sie feuern müssen.«

»Das hätte ich noch am gleichen Tag tun sollen. Ha ha. Zack, im eigenen Bett gefeuert.«

»Genau. Ha ha.«

»Ira!« Es war seine Cousine, die Braut, strahlend und vom Tanzen erhitzt. Sheila hatte langes, welliges schwarzes Haar, grandiose Wimpern und eine Nase, die wie Iras gefährlich – doch alles in allem erfolgreich – mit der Riesenhaftigkeit flirtete. Er fand, Sheila sah wirklich toll aus, und gratulierte ihr wehmütig. Ira und Sheila hatten sich einmal nahegestanden. Sheila legte ihm ihren Arm um den Hals und küßte ihn auf die Wange. Ihr Atem blies warm in sein Ohr. »Was trinkst du da?«

»Tequila«, sagte er. Er drehte sich um, weil er einen Blick auf die Männer an der Bar werfen wollte, aber es war zu spät. Ihre Plätze waren von zwei älteren Frauen mit leeren Highballgläsern und riesigen Ohrklipps eingenommen worden.

»Darf ich mal probieren?« Sie nippte daran und zog eine Grimasse. »Hoffentlich bekommt dir das Zeug besser, als es schmeckt.«

»Das geht gar nicht«, sagte Ira und trank genießerisch einen Schluck.

Sheila betrachtete sein Gesicht und biß sich auf die Lippe. Seit dem Abend, als sie ihn auf dem UCLA-Campus in einen langweiligen und nervtötenden sowjetischen Film mitgenommen hatte – *Im Schatten usbekischer Liebe* oder so ähnlich –, was nun schon über ein Jahr her war, hatten sie sich nicht mehr gesehen. Er hatte den Eindruck, sie suche nach Zeichen von Veränderung.

»Du hast wohl eine Freundin?« sagte sie, und in ihrem beiläufigen Ton schwang leichte Unruhe mit.

»Viele.«

»So, hmm. Möchtest du jemand kennenlernen?«

»Nein danke.« An jenem Abend, fiel Ira jetzt wieder ein, war es auf der Heimfahrt von Westwood im Auto ein wenig brenzlig geworden. Sheila fuhr einen dieser winzigen italienischen Zweisitzer, in denen sich sexuelle Spannungen blitzschnell ausbreiten können, besonders an einer Ampel, wenn Marvin Gaye aus dem Radio dröhnt und eine hübsche Cousine am Steuer sitzt, die nachdenklich an einer Haarsträhne kaut. Schon bald hatte Ira in einer Art Programmkino-Panik über Marx, George Orwell und McCarthyismus geschwafelt und flehentlich gehofft, die Ampel möge auf Grün springen; und als sie vor seinem Apartment anlangten, war er die Treppen hochgestürmt und hatte die Tür hinter sich abgeschlossen. Er schüttelte den Kopf, wunderte sich über seine Zimperlichkeit und trank das Glas Tequila aus. Er fragte: »Möchtest du tanzen?«

Sie gingen auf die Tanzfläche und drehten ein paar langsame Runden zu »I'll Never Be the Same«. In ihrem Taftkleid fühlte sich Sheila gleichzeitig weich und steif an, riesig und federleicht.

»Ich würde dich schrecklich gern mit meiner Freundin Carmen bekannt machen«, sagte Sheila. »Sie muß mal einen netten Mann kennenlernen. Sie wohnt in Altadena bei meinen Eltern um die Ecke. Ihr Mann hat sie immer geschlagen, aber

jetzt sind sie geschieden. Sie hat wunderschöne graue Augen.«
Ira wurde plötzlich ganz starr und kam aus dem Takt.
»Die Frau da drüben unter der Palme? Im blauen Kleid?«
»Autsch! Das war mein Fuß.«
»Entschuldigung.«
»Sie ist dir also aufgefallen! Sehr schön. Na los, I., fordere sie zum Tanzen auf. Sie ist in letzter Zeit so einsam.«
Die Information, daß die ältere Frau seine Annäherungsversuche unter Umständen begrüßen könnte, nahm ihm die Lust und machte ihn irgendwie weniger erfolgssicher. Ira bemühte sich um eine plausible Entschuldigung.
»Sie sieht fies aus«, sagte er. »Sie hat mich vor noch nicht fünf Minuten ganz böse angeguckt. He, da ist Donna.«
»Donna!«
Donna Furman kam in einem todschicken grauen Sharkskin-Kostüm auf sie zu und küßte die Braut, erst auf die Hand mit dem Ring, dann einmal auf jede Wange, eine Geste, die Ira seltsam päpstlich und typisch für Hollywood fand. Donna wollte Sheila gerade sagen, wie schön sie aussehe, aber dann kamen einige Leute mit Fotoapparaten an und entführten Sheila; also streckte Donna ihre Arme Ira entgegen und drückte ihren Cousin an sich. In ihren Haaren klebte irgendein Zeug, das nach Ozon roch und an Iras Ohr knisterte. Donna war eine sehr entfernte Verwandte und ein paar Jahre älter als Ira, aber weil die Furmans in Glassell Park gewohnt hatten, nicht weit von Iras Familie in Mt. Washington, kannte Ira Donna schon sein ganzes Leben, und er freute sich, sie zu sehen.
Diese Freude war aufgrund der jüngsten Vergangenheit nicht gänzlich angebracht, denn Donna, ein Mädchen mit scharfer Zunge und intriganter Phantasie, war zu einer charmanten, aber unzuverlässigen Frau herangewachsen, und wenn Ira es sich recht überlegt hätte, wäre er vielleicht auf

den Gedanken gekommen, daß er noch das eine oder andere Hühnchen mit seiner Cousine vierten Grades zu rupfen hatte. Sie war eine gutaussehende, vollbusige Lesbe – dazu stand sie ganz offen – mit dunklem Teint und einem Zwölftausend-Dollar-Lächeln. Die schlitzohrige Ader, die am stärksten in Milton Wiseman, Sheilas Großvater, einem Hersteller von Diätpülverchen und Placebo-Aphrodisiaka, hervorgetreten war, zog sich dünn, aber ergiebig durch Donnas Charakter. Sie sprach schnell, nahm obskure Drogen und erzählte witzige Geschichten über berühmte Leute, die sie zu kennen vorgab. Obwohl sie für eine der großen Talentagenturen in Culver City Musiker betreute und zehnmal soviel verdiente wie Ira mit Kellnern und seinem Sommerjob als Betreuer in einem jüdischen Ferienlager oben in Idyllwild, schuldete Donna ihrem Cousin im Augenblick dieser herzlichen Umarmung nichtsdestoweniger dreihundertfünfundzwanzig Dollar.

»Wir sollten heute abend zur Rennbahn nach Santa Anita rausfahren«, sagte Donna augenzwinkernd; die feuchten braunen Augen hatte sie von ihrer Mutter, einer KZ-Überlebenden und sehr netten Dame, die später Kostümbildnerin in Hollywood geworden war und eine Überdosis Schlaftabletten genommen hatte, als Donna noch ein Teenager war. Donnas runde, traurige Augen ließen keinen Zweifel daran aufkommen, daß irgendwo tief in ihrem Inneren eine weise und gequälte Seele verborgen war; in Donnas Branche waren diese Augen Gold wert.

»Mit Vergnügen«, sagte Ira. »Da kannst du dreihundertfünfundzwanzig Mäuse für mich setzen.«

»Ach, natürlich! Das hab ich ganz vergessen!« sagte Donna und drückte Iras Hand. »Mein Scheckbuch liegt im Auto.«

»Ich habe gehört, du hast eine Freundin mitgebracht, Donna«, fuhr Ira fort, der vermeiden wollte, daß sich seine Cousine wie ein Frettchen wand. Wenn Donna einem die

Hand drückte, war dies im allgemeinen ein Warnzeichen für Schutzbehauptungen und Scheingründe. Im Betatschen war sie ganz groß, und Ira störte das nicht. Er ließ sich gern betatschen. »Und wo steckt die Ärmste?«
»Da drüben«, sagte Donna und neigte den Kopf zu Ira, als wäre das, was sie zu sagen im Begriff stand, eine streng vertrauliche Information, mit der sich eine Regierung stürzen oder an einem einzigen Nachmittag ein Vermögen anhäufen ließ. »Dort, am Tisch unter der Palme. Neben den beiden anderen Frauen. Die Große in dem Geblümten mit der spitzen Nase. Sie heißt Audrey.«
»Arbeitet sie in deiner Firma?« fragte Ira, froh über den Vorwand, Carmen unverhohlen anstarren zu können, die rechts neben Donnas Freundin saß und Iras Blick nun auf eine Weise erwiderte, die, wie er fand, völlig unzweideutig war. Er wackelte ein paarmal mit den Zehen in seinen rosa Glückssocken. Donnas Freundin Audrey winkte Ira und Donna mit den Fingern zu. Sie war hübsch mit ihrer kostspieligen, schlichten Frisur und den blaue Augen, auch wenn ihre Nase spitz war wie die einer Marionette.
»Sie wohnt im gleichen Haus wie ich. Audrey steht an der Spitze, am Gipfel, eines *gewaltigen* Vitamin-Imperiums, I. Die bewegen sich in einer Größenordnung von zehntausend Abnehmern oder so, von Oxnard bis Norco. Komm, ich mach dich mit Audrey bekannt.« Sie packte Ira am Ärmel seines Sakkos, dann bemerkte sie das leere Schnapsglas in seiner Hand. »Moment, ich spendiere dir einen Drink.« Sie sagte dies ohne eine Spur von Ironie. »Tequila?«
»Sauza. Einen doppelten.«
»Einen C.C. mit Wasser und Zitrone und einen doppelten Sauza«, sagte sie zu dem Barmann. »Tequila bringt Pech bei den Frauen.«
»Siehst du die Blonde neben Audrey?«

»Ja? Die mit dem fiesen Mund?«
»Bei der hätte ich gern Pech.«
»Trink das«, sagte Donna und reichte Ira ein bis zum Rand gefülltes Schnapsglas, dessen Inhalt exakt die Farbe von Kopfschmerz und Reue hatte. »Soweit ich weiß, ist sie ein einziges Nervenbündel, I. Der Mann ist ein Schwein. Böser Schlamassel. Sie wirft mit jeder Cola Betakarotin-Pillen ein, als wären die Dinger ne Art Scheidungs-Diät oder so was.«
»Ich glaube, sie mag mich.« Sie waren in Richtung des Tischs gegangen, blieben jetzt aber stehen, um auf der Tanzfläche, unter dem Wedel einer gedrungenen Fächerpalme, in aller Eile zu konferieren. Donna erteilte Ira seit seinem neunten Lebensjahr Rat in sexuellen Fragen.
»Wie alt bist du jetzt, einundzwanzig?«
»Fast.«
»Sie ist älter als ich, Ira!« Donna schlug sich leicht an die Brust. »Eine Frau in dem Alter ist doch nichts für dich. Du brauchst eine, deren Illusionen oder was weiß ich noch intakt sind.«
Ira betrachtete Carmen, während seine Cousine redete, und ahnte, daß an dem, was sie sagte, etwas Wahres dran war. Er hatte sich noch nie so heftig verliebt, wie er glaubte, sich verlieben zu können, hatte nie Villanellen oder hinter vorsichtigen Metaphern verschleierte Erklärungen verfaßt, nie Blut gespendet, um sich Champagner oder Jonquillen leisten zu können, war nie um einen Briefkasten, eine Telefonzelle oder ein bestimmtes Café geschlichen, hatte nie auf nächtlichen Straßen ohne Rücksicht auf die Nachbarn den Namen seiner Geliebten hinausgebrüllt; und sein Herz an eine Frau zu verlieren, die sich schon in der Welt umgetan hatte, hieß vielleicht, sich des rein schmückenden Beiwerks, der Girlanden und Moresken der ersten Liebe weitgehend zu berauben. Carmen hatte zweifellos genug von solchen Dingen er-

lebt. Und doch reizte ihn an ihrem Aussehen vor allem die Desillusioniertheit, die Distanz, die stoischen blauen Augen mitten in diesem schönen, geschlagenen Gesicht. Sie zu lieben wäre falsch, das war ihm klar; aber nach seiner Überzeugung war jede große Liebe in gewisser Hinsicht ein schrecklicher Fehler.

»Mach mich einfach mit ihr bekannt, Donnie«, sagte er, »dann brauchst du mir nichts zurückzuzahlen.«

»Dir was zurückzahlen?« sagte Donna und knipste ihr Halogen-Lächeln an.

Sie *war* ein Nervenbündel. Der Aschenbecher aus Terrakotta, der vor ihr auf dem Tisch stand und in den die Worte EL IMPERIO eingeprägt waren, quoll von ihren schlanken Kippen über, und die angezündete Filterzigarette in ihren langen, hübschen Fingern zitterte merklich und verbreitete ein gewaltiges Chaos wabernden Rauchs. Ihre grauen Augen waren groß und feucht und gerötet, als habe sie noch vor fünf Minuten geweint, und als ihr Donna bei der Vorstellung Iras eine Hand auf die Schulter legte, schien es, als bringe der Schock und die unerwartete Zärtlichkeit dieser Berührung Carmen gleich wieder zum Losheulen. All das wäre vielleicht Iras Aufmerksamkeit entgangen oder anderweitig erklärt worden, doch auf dem freien Platz neben Carmen, wo Ira sich niederzulassen hoffte, lag ihre Handtasche, die weit offenstand, und ein kurzer Blick genügte, um Ira zu überzeugen, daß Carmen eine Frau war, die sich nicht mehr in der Hand hatte. Inmitten eines Wusts zerknautschter Kleenex-Blüten, genug um einen kleinen Festwagen zu schmücken, entdeckte Ira ein Probefläschchen Gin, eine Tüte Jellybeans (nur schwarze), zwei unauffällige Röhrchen mit verschreibungspflichtigen Medikamenten, eine verknitterte und eingerissene Straßenkarte, Überreste eines Hershey-Schokoriegels sowie einen Schlüsselanhänger in Form eines Brontosaurus mit einem einzigen traurigen Schlüssel daran. Die Karte war geknickt und falsch zusammengefaltet, so daß nur die fragmentarischen Worte S ANGEL in einer Ecke lesbar waren.

»Carmen Wallace, dieser entzückende Junge hier ist mein Cousin Ira«, sagte Donna und kniff Ira mit der Linken in die Wange, während ihre Rechte auf Carmens nackter Schulter lag. »Er wollte dich kennenlernen.«

»Guten Tag«, sagte Ira und wurde fürchterlich rot.

»Hallo«, sagte Carmen, legte ihre Zigarette in die Kerbe am Rand des Aschenbechers und streckte die Fingerspitzen in Richtung Ira, der, ehe er sie ergriff, einen Moment zögerte, um seine ganze sexuelle Energie in der Mitte seiner rechten Handfläche zu bündeln. Ihre Finger waren weich und nur einen Moment in seiner Hand, sie zog sie zurück, als hätte sie sich verbrannt.

»Und das ist Audrey –«

»Hallo, Audrey.«

»– und Doreen, eine – Freundin? – des Bräutigams.«

Ira schüttelte beiden die Hand, und nachdem Carmen ihre scheußliche Handtasche neben sich auf den Boden gestellt hatte, um Platz für ihn zu machen, fand er sich bald in der beneidenswerten Lage, der einzige Mann an einem Tisch mit fünf Personen zu sein. Doreen trug ein leuchtend gelbes Kleid mit einem äußerst tiefen Ausschnitt; sie stellte auf der Hochzeit ihres Freunds Barry so viel von ihrem bemerkenswerten Busen zur Schau, daß Ira sich fragte, welche Motive sie dafür hatte. Ansonsten war sie mit ihrer galligen, wiehernden Lache ziemlich reizlos, aber sie hatte irgendwas mit Immobilien zu tun, und Donna und Audrey, die daran dachten, zusammen ein Haus zu kaufen, hatten offenbar viel mit ihr zu besprechen. Ihm und Carmen blieb nichts anderes übrig, als miteinander zu reden.

»Sheila sagt, Sie wohnen bei ihren Eltern um die Ecke?«

sagte Ira. Carmen nickte und wandte dann den Kopf ab, um eine lange Rauchfahne auszustoßen. Ihr Blickkontakt war kurz, hatte aber irgendwas, fand er. In Iras Glas waren noch etwa drei Zentimeter Sauza, er trank einen halben Zentimeter und rechnete sich aus, daß ihm damit noch genug für fünf weitere Fragen übrigblieb. Er merkte bereits, daß ein Gespräch mit Carmen nicht leicht werden würde, aber er nahm dies als gutes Omen. Leichte Flirts waren in seinen Augen immer reiner Selbstzweck, und dafür hatte er nicht sonderlich viel übrig.

»Ist es das große Holzhaus, unter dessen Dach überall solche *Dinger* vorstehen, Sparren oder wie die heißen?« Er spreizte die Finger einer Hand, schob sie unter die andere Hand, so daß sie ein Stück hervorschauten, und formte auf diese Weise ein grobes Modell des vorstehenden Dachgesimses an einem kalifornischen Bungalow. Ein Stück nördlich von Sheilas Elternhaus stand so ein prachtvoller alter Kasten, den er immer bewundert hatte.

Wieder ein Nicken. Sie hatte die Angewohnheit, ab und zu die Augen ganz weit aufzureißen, es war fast ein Tick, und Ira fragte sich, ob vielleicht ihre Kontaktlinsen schlecht saßen.

»Es ist ein Hetrick und Dewitt«, sagte sie bitter, als seien dies die fatalsten Attribute, die sich einem Haus beifügen ließen. Dies waren die ersten Worte, die sie an ihn gerichtet hatte, und obwohl er keine Ahnung hatte, wovon sie eigentlich redete, witterte er eine Geschichte. Er nahm noch einen kleinen Schluck Tequila und nickte wohlwollend.

»Sie wohnen in einem Hetrick und Dewitt?« sagte Doreen und unterbrach ihr Gespräch mit Donna und Audrey, um die Hand über Audreys Schoß zu strecken und Carmen leicht auf den Arm zu klopfen. Sie wirkte erstaunt. »In welchem?«

»In dem großen protzigen an der Orange Blossom Avenue

in Altadena«, sagte Carmen und drückte ihre Zigarette aus. Mit einem zutiefst sarkastischen Seufzer stand sie auf; sie war größer, als Ira gedacht hatte. Nachdem sie sich so theatralisch erhoben hatte, stand sie jetzt unschlüssig da und schwankte ein wenig auf den Pfennigabsätzen ihrer blauen Schuhe. Es war klar, daß sie es für einen Fehler hielt, auf Sheilas Hochzeit gekommen zu sein, aber zu mehr war sie anscheinend nicht in der Lage, und nach einem Augenblick ließ sie sich langsam wieder auf ihren Stuhl sinken. Ira tat sie sehr leid, und er grübelte darüber nach, was sie tun könnte, außer rumzusitzen und ein unglückliches Gesicht zu machen. In diesem Moment ging die Band zu »Night and Day« über, und Ira sah zufällig zu dem Tisch, wo er seine Tanten zurückgelassen hatte. Mr. Lapidus zog Sophies Stuhl ein Stück nach hinten und nahm ihren Arm. Sie gingen tanzen.

»Carmen, möchten Sie tanzen?« sagte Ira, wurde rot und wackelte mit den Zehen.

Ihre Antwort war nicht mehr als ein Flüstern, und Ira war nicht sicher, ob er richtig gehört hatte, aber ihm war, als habe sie gesagt: »Meinetwegen.«

Sie gingen jeder für sich auf die Tanzfläche und wandten sich einander zu. Einen schrecklichen Moment lang standen sie einfach da und bewegten sich zögernd im Takt der Musik. Aber die beiden Alten walzten in weitem Bogen langsam auf Ira zu, und um irgendwelchen peinlichen Ermahnungen des dafür berüchtigten Mr. Lapidus zuvorzukommen, streckte Ira schließlich die Arme aus, faßte Carmen an der Hüfte und der Hand und wirbelte sie über den breiten Parkettboden des Oasis Room. Es war eine altmodische Melodie, zu der sie nur auf Tuchfühlung tanzen konnten.

»Sie sind gut«, sagte Carmen und lächelte zum erstenmal, soweit ihm bewußt war.

»Vielen Dank«, sagte Ira. Er war tatsächlich ein guter Tänzer – seine Mutter hatte ihm als Vorbereitung auf ein phanta-

stisches und unzeitgemäßes Schicksal ein paar Schritte beigebracht, mit denen sich Eindruck schinden ließ. Carmen tanzte wunderbar, und es freute ihn, daß er offenbar genau die richtige Idee gehabt hatte, um sie – zumindest für den Augenblick – aus ihrer Betakarotin-und-schwarze-Jellybeans-Melancholie herauszureißen. »Sie auch.«
»Ich habe früher im Arthur-Murray-Studio am La Cienaga Boulevard gearbeitet«, sagte sie und ließ ihre Hand auf seinem Rücken etwas weiter nach unten gleiten. »Fünfzehn Jahre ist das jetzt her.«
Dieser offenbar wehmütige Gedanke schien ihre gewohnte Melancholie wieder ein wenig aufleben zu lassen, ihr Gesicht nahm den abwesenden, leeren Ausdruck eines Taxigirls an, und sie wurde schwer in seinen Armen. Die Bewegungen ihrer Beine erfolgten allzu überlegt und genau. Ira suchte nach einem Gesprächsthema, mit dem er sie ablenken konnte, aber alle Fragen, die ihm einfielen, hatten immer irgendwie mit *ihr* zu tun, und er ahnte, daß alles, was mit diesem Thema zusammenhing, sie – trotz der Leichtigkeit ihres Twosteps – in eine unwiderrufliche Traurigkeit stürzen könnte. Schließlich schwoll das Schweigen zwischen ihnen zu einer großen Seifenblase an, und Ira ließ sie hilflos platzen.
»Wo sind Sie aufgewachsen?« fragte er, ohne Sheila dabei anzusehen.
»In Hotels«, sagte Carmen, und dabei blieb es. »Glauben *Sie*, daß Sheila glücklich ist? Ich nicht.« Sie hustete, und dann ging der Song unvermittelt zu Ende. Der Bandleader setzte seine Trompete ab, zog das Mikrofon an den Mund und gab bekannt, in wenigen Augenblicken werde die Torte angeschnitten.

Als sie an den Tisch zurückgingen, stand ein großer, gutaussehender Mann mit schütterem schwarzem Haar, aber einer Kerbe im Kinn und blaßgrünen Augen, hinter Carmens leerem Stuhl, hielt sich an der Lehne fest und redete mit Donna, Audrey und Doreen. Er trug einen schicken Kammgarnanzug nach europäischem Schnitt, eine Krawatte in lila und himmelblauem Paisley, ein strahlend weißes Hemd mit weißem Einsatz und einen winzigen Diamanten im linken Ohrläppchen. Seine Nase war groß, größer noch als Iras, und kompliziert geformt, wie die Klinge eines Spezialwerkzeugs; sie dominierte sein Gesicht auf eine Weise, die den ganzen Menschen dominierend wirken ließ. Der schimmernde Stoff seines Anzugsjackets wölbte und spannte sich über seinen Schultermuskeln.

Als Carmen auf ihren Platz zuging, zog er den Stuhl für sie zurück. Sie dankte ihm mit einem glücklichen und erstaunlich sinnlichen Lächeln, und als sie sich setzte, spähte er ihr mit geschliffener Unverfrorenheit, die Ira vor Neid zusammenzucken ließ, in den tiefen runden Ausschnitt.

»Carmen, Ira«, sagte Doreen, »das ist Jeff Freebone.« Als Doreen den gutaussehenden Mr. Freebone vorstellte, verfärbten sich alle sichtbaren Stellen ihrer Haut zu einem satten Blutorangenrot. Iras Hand verschwand einen Augenblick im gnadenlosen Vorhandgriff einer gebräunten Rechten. Ira sah zu Donna, hoffte zumindest auf eine Spur von Unbeeindrucktheit in ihrem lesbischen und oft zynischen Blick, aber seine Cousine schmachtete den Mann mit der gleichen Teenie-Ekstase an wie Doreen und Carmen – nicht zu vergessen Audrey –, und Ira wurde klar, daß Jeff Freebone sehr, sehr reich sein mußte.

»Alles klar, Ira?« sagte er in einer sanften, gedämpften Baritonstimme, in der ein leichter Unterton von New York City mitschwang, und bestürzt erkannte Ira in ihm den derben Mann von der Bar, der eine bedauernswerte Frau namens Charlotte in ihrem eigenen Bett gefeuert hatte.

»Jeff hat früher im selben Büro gearbeitet wie Barry und

ich«, erzählte Doreen Carmen. »Jetzt hat er eine eigene Firma.«
»Freebone Immobilien«, sagte Carmen, die nun lebhafter wirkte als den ganzen Nachmittag über. »Ich habe die Schilder in Vorgärten gesehen, stimmt's?«
»Reklametafeln«, sagte Donna. »Werbespots im Fernsehen.«
»Wie war die Trauung?« wollte Jeff wissen. Er ging um Carmen herum und setzte sich auf den Stuhl neben sie, worauf Ira, der auf der Seite stehen mußte, finster zu seiner Cousine Donna sah, die ihn offenbar außen vor lassen wollte. »Haben sie unter diesem Zelt-Ding gestanden und den Spiegel zerbrochen, oder wie das geht?«
Im ersten Augenblick wunderte und freute sich Ira über soviel Unkenntnis, denn er hatte Jeff für einen Juden gehalten. Dann fiel ihm wieder ein, daß viele von Donnas Freunden aus Hollywood wie New Yorker Juden redeten, ob sie nun welche waren oder nicht, sogar frühere Cheerleader aus Ames, Iowa, oder Männer namens Lars.
»Es war seltsam«, erklärte Carmen, ohne weiter darauf einzugehen – anscheinend konnte nicht einmal Jeff Freebone sie aus der Reserve locken –, und das Maß an Zustimmung, mit der diese Meinung am Tisch aufgenommen wurde, bestürzte Ira. Er drehte sich um und suchte Sheila unter den Hunderten von Gesichtern, die den Oasis Room füllten, um zu sehen, ob mit ihr alles in Ordnung war, konnte sie aber nicht finden. Am anderen Ende des Saals scharte sich ein kleines Grüppchen um die prachtvolle Hochzeitstorte, aber die Braut schien nicht darunter zu sein. Seltsam – was war an der Trauung seltsam gewesen? Sheila liebte doch wohl den Mann, mit dem sie seit zwei Stunden verheiratet war? Verunsichert klopfte Ira mit dem Fuß den Takt der Musik und tat so, als suche er weiter nach Sheila, doch in Wahrheit nahm sein Blick gar nichts mehr auf. Er empfand es als Schmach, wie schnell seine Affäre mit der traurigen Schönen

seiner Träume schiefgelaufen war, und urplötzlich – der Tequila, den er getrunken hatte, ließ ihn allmählich im Stich – sah er sich mit der plausiblen Möglichkeit konfrontiert, daß nicht nur er die Frau fürs Leben nie finden würde, sondern daß dies auch keinem anderen je gelang. Das Gespräch am Tisch verlagerte sich in die imaginäre und schwindelerregende Welt der Immobilien. Schließlich mußte er sich an einem in der Nähe stehenden Stuhl festhalten und sich setzen.

»Ich kann Ihnen blind drei Millionen bieten«, erklärte Jeff Freebone. Er lehnte sich im Stuhl zurück und faltete die Hände hinter dem Kopf.

»Es ist viel mehr wert«, sagte Donna und stieß Carmen in die Rippen. »Es ist ein Kunstwerk, Jeff.«

»Es ist ein Hetrick und Dewitt«, sagten alle am Tisch wie aus einem Mund.

»Du mußt es sehen«, sagte Doreen.

»Na schön, sehen wir's uns an. Ich bin mit meinem Rover hier, da passen wir alle rein. Zeigt mir den Weg, dann seh ich's mir an.«

Es folgte ein Augenblick des Zögerns, während die vier Frauen die Gebote der Schicklichkeit und die mögliche Tragweite des vorgeschlagenen Ausflugs zur Besichtigung des Hauses, das Carmen verabscheute, zu überdenken schienen.

»Die Torte auf solchen Hochzeiten schmeckt sowieso immer wie Pappe«, sagte Donna.

Das schien den Ausschlag zu geben, es folgte ein allgemeines Stühlerücken und Herbeiholen von Sommermänteln.

»Kommst du nicht mit?« Donna beugte sich zu Ira vor – der sich in jämmerlicher, bequemer Haltung auf seinem Stuhl lümmelte – und flüsterte ihm ins Ohr. Die anderen bahnten sich bereits einen Weg aus dem Oasis Room. Ira sah sie finster an.

»He, jetzt sei nicht so, I. Sie braucht einen Makler, keinen

Geliebten. Außerdem war sie viel zu alt für dich.« Sie legte ihm die Arme um den Hals und küßte ihn oben auf den Kopf. »Na schön, Trotzkopf. Ich ruf dich an.« Dann knöpfte sie ihre Sharkskin-Jacke zu und drehte sich auf dem Absatz um.

Nachdem Ira eine Weile allein am Tisch gesessen hatte, fast hoffend, daß Tante Lillian seine mißliche Lage bemerken und ihm ein Stück Torte oder ein Petits fours und eine Portion ihrer tröstlichen Platitüden bringen würde, bemerkte er, daß Carmen ihre Handtasche vergessen hatte, was nicht weiter verwunderlich war. Er stand auf und holte sie. Kurz guckte er hinein, von der Intimität dieser Handlung unwillkürlich erregt, als würde er das Tagebuch einer Frau lesen oder mit der Hand in ihren leeren Schuh fassen. Dann erinnerte er sich an seine Enttäuschung und Wut, und seine Faust schloß sich um eines der Pillenröhrchen, das er rasch in seine Tasche steckte.

»Ira, hast du Sheila gesehen?«

Ira ließ die Handtasche fallen und fuhr herum. Es war tatsächlich seine Tante Lillian, aber sie wirkte sehr durcheinander und schien nicht bemerkt zu haben, daß sie Ira in flagranti ertappt hatte. Sie zupfte immer wieder am Saum ihres wild gemusterten Schals.

»In letzter Zeit nicht«, sagte Ira. »Wieso?«

Tante Lillian erklärte, daß jemand, der zuviel getrunken hatte, auf die Schleppe von Sheilas Kleid gefallen war und sie leicht zerrissen hatte; Sheila hatte sich deswegen ziemlich aufgeregt, sie war weggelaufen und niemand wußte, wohin. In den Toiletten und Foyers des Hotels war bereits überall nachgesehen worden. Die Torte hätte vor einer Viertelstunde angeschnitten werden sollen.

»Ich finde sie«, sagte Ira.

Er ging in das hohe, kühle Foyer hinaus und durchquerte es

mehrmals; seine Absätze klapperten auf Marmorböden, seine Sohlen schlichen über Perserteppiche. Er stieg eine Treppe aus massiver Eiche zum Mezzanin hinauf, wo er durch zwei Glastüren ging, die auf einen langen Balkon mit Blick auf das funkelnde Schwimmbecken führten. Dort fand er sie, in einer Ecke der Terrasse, wie eine vom Wind hingewehte Blume. Sie hatte den Kranz von ihrer Stirn genommen, drehte ihn mit der trübsinnigen Faszination eines Kinds immer wieder vor dem Gesicht. Als sie Iras Anwesenheit spürte, wandte sie sich um; sie hatte Tränen in den Augen, und als sie ihn sah, verzog sie das Gesicht zu einem Grinsen, das fast nicht zu ertragen war. Er ging zu ihr und setzte sich neben sie auf den rauhen Estrich des Balkons.

»Hallo«, sagte er.

»Sind unten alle am Durchdrehen?«

»Glaube schon. Ich habe das mit deinem Kleid gehört. Tut mir wirklich leid.«

»Schon gut.« Sie starrte durch die Pfeiler der Balustrade auf die große rote Sonne, die über Santa Monica unterging. Während der letzten paar Tage hatte es viel geregnet, und die Luft war herzzerreißend klar. »Man kommt sich so blöd vor, wenn man ständig herumgezerrt wird, ich weiß auch nicht, wie eine große Marionette.«

Ira rückte ein wenig näher an seine Cousine, und sie legte den Kopf an seine Schulter und seufzte. Die Berührung ihres Körpers war so angenehm und selbstverständlich, daß es ihm angst machte, und er fummelte an dem Röhrchen in seiner Tasche herum.

»Was ist das?« sagte sie, als sie das leise Klappern hörte.

Er zog das Röhrchen hervor und hielt es ins verblassende Licht. Es trug keinerlei Etikett.

»Ich habe es deiner Freundin Carmen mehr oder weniger gestohlen.«

Sheila brachte ein lässiges Lächeln zustande.

»Ach – was ist denn daraus geworden? Ich habe euch tanzen sehen.«
»Sie war nichts für mich«, sagte Ira. Er schraubte den Verschluß ab und kippte das Röhrchen in seine Hand aus. Es waren nur noch zwei Pillen drin, klein, rosa, krumm wie Kommas – zwei kleine rosa Tränen. »Hast du eine Ahnung, was das für Zeug ist? Könnte es Betakarotin sein?«
Sheila schüttelte den Kopf und streckte eine Hand aus, die Innenfläche nach oben. Zuerst glaubte Ira, sie wollte eine von den Pillen haben, aber sie schüttelte noch mal den Kopf; als er ihre Finger in die Hand nahm, nickte sie.
»Ira«, sagte sie mit ganz belegter Stimme und kam ihm mit ihren bräutlichen Lippen entgegen. Unmittelbar bevor er sie küßte, schloß er die Augen, hob die offene Hand an den Mund und schluckte kräftig.
»Mein Liebes«, sagte er.

Ocean Avenue

Solange man versteht, warum man einen Menschen früher mal lieben konnte, liebt man ihn immer noch; eine erloschene Liebe ist ganz und gar unerklärlich. Eines Tages vor nicht allzu langer Zeit fuhr ein Architekt namens Bobby Lazar in die Innenstadt von Laguna Beach, Kalifornien, um im Café Zinc mit seinem Freund Albert Wong und Alberts neuer Frau Dawn (die vernünftigerweise ihren Mädchennamen behalten hatte) eine Tasse Kaffee zu trinken. Albert und Dawn befanden sich noch immer in jener Phase völligen Staunens, die auf eine Hochzeit folgt, strahlten sich an wie zwei Menschen, die einen Flugzeugabsturz ohne eine Schramme überlebt haben, berührten einander oft, froh, am Leben zu sein. Lazar war kein Zyniker und wünschte ihnen alles Gute, aber er war auch seit langer Zeit einsam, und ihr Glück widerte ihn fast an. Albert hatte die Ausgabe von *Science* mitgebracht, in der er vor kurzem eine Arbeit über die String-Theorie veröffentlicht hatte, und als Lazar von Alberts Namen und den Abkürzungen seiner Titel im Inhaltsverzeichnis der Zeitschrift aufblickte, sah er Suzette, die in ihrem Trainingsoutfit von der anderen Straßenseite auf das Café zuging und dem Aussehen nach ungefähr dreißig Kilo wog.

Sie war immer zu dünn gewesen, auch wenn er zur Zeit ihrer engsten Bekanntschaft geglaubt hatte, daß ihm eine Frau mit knochigen Schultern gefalle. Sie hatte auch einen knochigen Rücken, fiel ihm plötzlich wieder ein, wie eine Marimba, zudem eine spitze, knochige Nase und ein ebensolches Kinn, und sie war immer – wirklich *immer* – auf Diät, obwohl sie von Natur aus wenig Appetit hatte und jeden Tag Aerobictanz machte oder zehn Kilometer lief. Ihr Gesicht sah eingefallen aus und irgendwie verändert, wie die Gesichter der meisten Frauen, die zuviel Sport treiben, aber auf ihrer Stirn lag ein Glanz und in ihren Augen ein irrer Aerobic-Schimmer. Sie hatte sich eine Dauerwelle machen lassen, seit er sie das letzte Mal gesehen hatte, und das Haar wallte ihr in goldenen präraffaelitischen *rotini* um den Kopf – Tennysons lilienreine Jungfrau von Astolat auf einem Endorphin-Trip. Ein Freund hatte einmal gesagt, sie sei der Typ Frau, die Autounfälle verursacht, wenn sie die Straße entlanggeht, und als sie auf die Terrasse des Cafés trat, machte ein Mann auf einem Fahrrad tatsächlich den Fehler, ihr kurz mit dem Blick zu folgen, und krachte beinahe in die offene Tür eines geparkten Wagens.

»Ist das nicht Suzette?« sagte Al. Zufälligerweise war Albert der einzige seiner Freunde, der nach dem Gerichtsurteil nicht so tun wollte, als hätte Suzette nie existiert, und sich in seiner unverblümten, naturwissenschaftlerischen Art immer nach ihr erkundigte, eine Augenbraue skeptisch hochgezogen. Lazar schmeckten diese Erinnerungen an früher natürlich gar nicht. Während ihrer Affäre war er schrecklich sprunghaft gewesen, das war ihm klar, mal knauserig, mal verschwenderisch, mal bedrückt, mal euphorisch, mal ungesellig, mal umtriebig, ständig eine Schmeichelei oder eine wüste Beschimpfung auf den Lippen – kurz gesagt ein Arschloch –, und für ihn sprach nur, daß er fürchtete, Suzette sehr schlecht behandelt zu haben.

Mehr als alles andere mag dieses verdrängte Wissen dazu geführt haben, daß er sich bei ihrem ersten Wiedersehen einredete, sie nicht mehr zu lieben.

»Au weia«, sagte Dawn, als ihr einfiel, wer Suzette war.

»Es gibt nichts, wovor ich Angst haben müßte«, sagte Lazar. Als sie vorbeikam, rief er: »Suzette?« Er fühlte sich auf seltsame Weise gegen ihre nach wie vor offensichtlichen Reize gefeit und sprach ihren Namen so abschätzig und leichthin aus wie jemand, der in einem überfüllten Flugzeug sitzt und eine attraktive, aber schon etwas ältere Stewardeß zu sich ruft. »He, Suze!«

Sie trug jedoch Kopfhörer, hatte den Walkman ganz laut gestellt und rauschte auf einer Woge von Chaka Khan and Rufus vorbei.

»Hat sie dich nicht gehört?« sagte Albert und machte ein verblüfftes Gesicht.

»Nein, Dr. Fünf-Nützliche-Non-Implikationen-der-String-Theorie«, sagte Lazar. »Sie trägt *Kopfhörer.*«

»Ich glaube, sie hat dich absichtlich übersehen.« Albert wandte sich an seine Frau, wie es sich gehört. »Hat sie nicht so ausgesehen, als hätte sie ihn bemerkt? Hat sie nicht irgendwie das Gesicht verzogen?«

»Da ist sie, Bobby«, sagte Dawn und zeigte zum Eingang des Cafés. Weil es ein schöner Dezembermorgen war, saßen sie auf der Terrasse, und Lazar wandte dem Zinc den Rükken zu. »In der Schlange.«

Er hatte das Gefühl, daß ihn Alberts und Dawns Anwesenheit irgendwie zu einem Gespräch mit ihr drängte, obwohl es ihn eigentlich nicht danach verlangte. In diesem Teil der Welt herrscht eine bestimmte Tyrannei des In-Verbindung-Bleibens – ein Zwang, sich ständig so zu verhalten, als sei man immer noch in psychiatrischer Behandlung, mache aber echte Fortschritte, und die Regeln aufgeklärten Verhaltens schienen vorzuschreiben, daß er sich nicht, das Gesicht hinter einer Zeitung versteckt, vom Tisch wegschlich – was er unter Umständen getan hätte, wenn er allein gewesen wäre – und nach Hause ging, um sich mit einem Zwölferpack mexikanischem Bier und dem Hörer neben dem Telefon drei Stunden vor die Glotze zu setzen und den Weather Channel oder das Home Shopping Network zu sehen. Im Sitzen drehte er sich um und betrachtete Suzette genauer. Sie hatte so einen glitzernden, opalisierenden Einteiler an, ganz intergalaktische Amazone, Trikot und Strumpfhose in einem, scheinbar aus Adamant oder Cavorit, Materialien, die sich weniger an den Körper einer Frau anschmiegen, als ihn vielmehr gegen Gammastrahlen und kosmischen Staub abschirmen. Lazar sprach noch mal ihren Namen aus, lauter, rief ihn über die sonnige Terrasse. Von hinten wirkte Suzette noch dünner.

»Tag, Bobby«, sagte sie und nahm den Kopfhörer ab, ohne jedoch ihren Platz in der Schlange vor dem Kaffeeautomaten zu verlassen.

»Hallo, Suze«, sagte er. Sie nickten sich freundlich zu, und damit hätte es vielleicht sein Bewenden haben können. Nach ein oder zwei Sekunden neigte sie halb entschuldigend den Kopf und schob sich mit einem irritierten Lächeln den Kopfhörer – »Ohrenstöpsel«, erinnerte er sich, lautete die ekelerregende Bezeichnung – wieder über die Ohren.

»Sie sieht toll aus«, sagte Lazar edelmütig zu Albert und Dawn und sah Suzette dabei unverwandt an.

»Sie sieht so dünn aus, so verhärmt«, sagte Dawn, der es durchaus nicht geschadet hätte, fünf, sechs Kilo abzuspekken.

»Ich finde, sie sieht gut aus«, sagte Al. »Schöner denn je, wenn du mich fragst.«

»Ich frag dich aber nicht«, fuhr Lazar ihn an. »Das sagst du nur, um mich zu ärgern.«

Er war jetzt selbst leicht gereizt. Die Erinnerung an ihre letzten gemeinsamen Tage war wieder in ihm hochgekommen, trotz all seiner heroischen Anstrengungen in den letzten Monaten, sie ganz und gar zu verdrängen. Er dachte an das Wochenende nach dem Verriß ihres Restaurants in der *Times* (sie hatten ein balearisches Restaurant namens Ibiza in San Clemente gehabt) – ein Verriß, in dem der Kritiker insbesondere sein auf alt getrimmtes Stuck-Interieur und Suzettes mallorquinische Paella bemängelt hatte. Da genau dies die beiden Punkte waren, an denen sich im Vorfeld der Eröffnung des Restaurants ihre blödsinnigsten und fürchterlichsten Streitereien entzündet hatten, traf die negative Kritik ihre ohnehin schon wacklige Beziehung wie ein Dumdumgeschoß, und Suzette drehte ein bißchen durch. Den ganzen darauffolgenden Tag ließ sie sich weder zu Hause noch im Ibiza blicken – was bedeutete, daß der arme hypersensible José die ganze Kocherei allein bewerkstelligen mußte –, sondern verschwand statt dessen in den Folterkammern der Körperkultur. Sie trainierte im Fitneßcenter, besuchte den Zahava-Kurs, ließ ihren Körper durchkneten und fuhr dann, um all dem die Krone aufzusetzen, mit dem Rad bis nach El Toro und wieder zurück. Als sie schließlich nach Hause kam, hatte sie ein gewaltiger hormoneller Taumel erfaßt, und sie litt unter der Wahnvorstellung, zehn Zentner hochwuchten und sich mit bloßen Zähnen durch Vanadiumstahl beißen zu können. Neben anderen ungeheuerlichen und aus der Luft gegriffenen Vorwürfen behauptete sie, Lazar habe sie ruiniert, und um ihr zu entkommen, ging er ein Bier trinken. Als er mehrere Stunden später nach Hause kam, war sie ausgezogen, hatte aber *nur seine Sachen* mitgenommen, als sei ihr unterdessen eine fundamentale Ungerechtigkeit in ihrer Beziehung aufgegangen – zum Beispiel, daß sie bei der Geburt vertauscht worden waren –, die sie auf diese Weise zu korrigieren beabsichtige.

So schmerzhaft dieser Verlust auch war, er hätte sich damit abgefunden, wenn darunter nicht auch seine William-Powell-Sammlung gewesen wäre, die damals gerade auf ihrem Höhepunkt angelangt war und buchstäblich alles umfaßt hatte – von den karierten Flügelkappen-Brogues, die Powell in *Mordfall Kennel* getragen hatte, über Powells persönliche Kopie des Drehplans von *Unser Leben mit Vater* bis hin zu einem Brief Dashiell Hammetts aus dem Jahre 1934, in dem

er Powell zu seiner Interpretation des Nick Charles gratulierte, einen Brief, den Lazar von einem Großneffen Powells hatte erwerben können, nur wenige Minuten bevor die nimmersatten Korrespondenz-Geier der University of Texas zuschlagen wollten. Suzette verkaufte die ganze Sammlung weit unter Preis an diesen schrecklichen Kelso McNair in Lawndale, der sie lediglich seinem gewaltigen Hort von Myrna-Loy-Souvenirs einverleibte und in einer Stahlkammer wegschloß. Zur Vergeltung ging Lazar am nächsten Morgen an ihr gemeinsames Schließfach in der Bank in Dana Point, holte Suzettes Barbie-Puppen aus den Jahren 1958 und 59 heraus und verkaufte alle sechs für nicht ganz viertausend Dollar an ein Sammler-Geschäft in Orange, worauf sie den ersten Prozeß gegen ihn anstrengte.
»Warum wirst du so rot im Gesicht?« sagte Dawn, die vielleicht gerade mal zweiundzwanzig war.
»Oh!« sagte er und bemühte sich nicht mal um einen aufrichtigen Ton. »Mir ist gerade was eingefallen. Ich habe einen Termin.«
»Bis dann, Bobby«, sagte Al.
»Bis dann«, sagte er, stand aber nicht auf.
»Jedenfalls brauchst du sie nicht ständig anzustarren«, fuhr Al vernünftig fort. »Du kannst einfach auf die Ocean Avenue sehen, oder auf meine hübsche junge Frau – hallo, Schatz –, und so tun, als wäre Suzette nicht da.«
»Ich weiß«, sagte Lazar, lächelte Dawn an und richtete den Blick dann sofort wieder auf Suzette. »Aber ich möchte gern mit ihr reden. Nein, ehrlich.«
Mit diesen Worten erhob er sich und ging, so lässig er konnte, auf sie zu. Öffentliche Plätze zu überqueren war ihm schon immer peinlich gewesen, er konnte es nicht, ohne sich irgendwie verschwiemelt und halbseiden zu fühlen, als schreite er über ein provisorisches Podium in einer angemieteten Stadthalle, um das Diplom einer dubiosen Akademie

für Immobilienhandel entgegenzunehmen; er machte sich Sorgen, daß seine Hose hinten zu eng saß, daß sein Gang ungelenk und doof war, daß er die Hände baumeln ließ wie ein Schimpanse. Suzette war jetzt die nächste in der Schlange und studierte die Speisekarte; dabei hätte er – immer noch – genau vorhersagen können, was sie bestellen würde: einen koffeinfreien Café au lait und ein Stück Frittata mit zwei Becherchen Gurken-Salsa. Er trat von hinten auf sie zu und klopfte ihr auf die Schulter; der Klaps sollte unbekümmert und freundlich wirken, aber natürlich übertrieb er, und heraus kam die brüske Zudringlichkeit eines Mannes, der mit jemandem ein Hühnchen zu rupfen hat. Suzette drehte sich um und wirkte gereizter denn je, und als sie sah, wer es war, legten sich um die Winkel ihrer strahlenden grünen Augen tiefe kleine Runzeln.

»Wie geht's?« sagte Lazar und wagte es, seine Hand auf ihrer Schulter liegen zu lassen, wo sie sehr schnell ungeheuer an Masse zu gewinnen schien, als nähere sie sich *c*. Er war sich seiner Hand auf ihrer feuchten, festen Schulter so bewußt, daß er Suzettes erste Worte gar nicht mitbekam und die Hand schließlich errötend zurückziehen mußte.

»… toll. Alles läuft wirklich prima«, sagte Suzette und sah zu der Stelle an ihrer Schulter, wo vor einem Moment noch seine Hand gelegen hatte. Hätte er eine frisch ausgebeinte rohe Hühnerbrust dort hingelegt und sie dann wieder weggenommen, hätte Suzettes Miene nicht verwirrter sein können. Sie wandte sich ab. »Tag, Norris«, sagte sie zu der Lesbierin hinter der Theke. »Nur einen Espresso.«

»Auf Diät?« sagte Lazar und spürte, wie sich sein Lächeln verkrampfte.

»Keinen Hunger«, sagte sie. »Du hast ein paar Pfund zugenommen.«

»Da könntest du recht haben«, sagte er und strich sich über den Bauch. Seit er Suzettes Borg-Badezimmerwaage zusammen mit ihren anderen Sachen auf den Müll geworfen hatte (wodurch die Wohnung praktisch leer stand), hatte er keine Ahnung mehr, wieviel er wog, und es war ihm auch, wie er in Gedanken formulierte, während er die ganze Zeit seine Ex-Freundin anlächelte, wirklich scheißegal. »Gut möglich. Du siehst schlanker aus denn je, ehrlich, Suze.«

»Hier ist der Espresso«, sagte Norris und lächelte Lazar merkwürdig an, als wären sie alte Freunde; einen Moment war er verwirrt, bis ihm einfiel, daß er unmittelbar, nachdem Suzette ihn verlassen hatte, Norris auf einer Party in Bluebird Canyon über den Weg gelaufen war, und dort hatten sie im Suff ein kurzes, bitteres Gespräch darüber geführt, was für ein Gefühl es war, wenn einem die Frau weglief, und Lazar hatte sie mit dem weisen Diktum beeindruckt, es sei ein Gefühl, als komme man nach Hause und müsse feststellen, daß alles, was einem das Liebste und Teuerste auf der Welt ist, an einen Mann aus Lawndale verhökert worden sei.

»Was ist mit dem Geld, das du mir schuldest?« sagte er. Die Frage war schon halb heraus, ehe er es merkte, und obwohl er schnell noch Ha-ha anhängte, hatte er die Zähne gefletscht und mußte ausgesehen haben, als wolle er ihr gleich eine knallen.

»Wahnsinn!« sagte Suzette und ging gewandt um ihn herum. »Ich verdufte. Tschüß, Bobby.« Sie schob ihr Kinn an die Brust, zog den Kopf ein und schlüpfte durch die Tür, als wage sie sich in einen Wolkenbruch hinaus.

»Warte!« sagte er. »Suzette!«

Sie drehte sich zu ihm um, als er auf die Terrasse rauskam, straffte die Schultern und hielt ihn mit ihrer Espressotasse in Schach.

»Ich muß mich nicht mehr mit dir auseinandersetzen, Bobby Lazar«, sagte sie. »Colleen meint, ich hätte mich schon genug mit dir auseinandergesetzt.« Colleen war Suzettes Therapeutin. Eine Zeitlang waren sie gemeinsam zu ihr gegan-

gen, und Lazar verachtete und fürchtete ihre in Fachchinesisch verpackten Ratschläge.
»Tut mir leid«, sagte er. »Ich versuche, äh, nachgiebiger zu sein. Ich werde nachgeben. Ehrenwort. Ich bin bloß – ich weiß nicht. Was ist, setzen wir uns?«
Er wandte sich zu dem Tisch um, wo er Albert, Dawn und seine Kaffeetasse zurückgelassen hatte, und stellte fest, daß seine Freunde aufgestanden waren, ihre Einkaufstaschen zusammensuchten und ihre Pullover anzogen.
»Geht ihr?« sagte er.
»Falls ihr zwei euch wieder zusammenrauft«, sagte Albert, »geht hier alles – und zwar zum Teufel. Das ist der Super-GAU.«
»Albert!« sagte Dawn.
»Du bist krank, Bob«, sagte Albert. Er schüttelte Lazar die Hand und grinste. »Du bist krank, und du magst kranke Frauen.«
Lazar verwünschte ihn, küßte Dawn auf beide Wangen und lachte betont unbekümmert.
»Ist er betrunken oder was?« hörte er Dawn sagen, bevor sie außer Hörweite kamen, und als er an Suzettes Tisch zurückging, wirkte die Welt tatsächlich mit einem Mal intensiver und bunter, das Violett an den Rändern des Himmels noch kräftiger.
»Ist das Als neue Frau?« sagte Suzette. Sie winkte hinter ihnen her. »Sie ist hübsch, aber sie muß an ihren Schenkeln arbeiten.«
»Ich glaube, das besorgt Al«, sagte er.
»Scht«, sagte Suzette.
Sie lehnten sich zurück und musterten einander argwöhnisch und mit Vergnügen. Die Umstände ihrer Trennung waren so angespannt, feindselig und verhängnisvoll gewesen, daß ihnen die ganze Situation – hier zu sitzen, auf einer hellen Terrasse, einfach so, und zwei Tassen schwarzen Kaffee zu trin-

ken – dermaßen aufregend vorkam, als verletzten sie ein mächtiges Tabu. Alle, von ihren Seelenklempnern über ihre Eltern bis hin zum Gericht des Orange County, hatten sie ermahnt, gebeten und sogar aufgefordert, sich voneinander fernzuhalten; und doch saßen sie hier, vor aller Augen, und strahlten übers ganze Gesicht. Vieles hatte ihrer Beziehung gefehlt, leider aber nicht die gegenseitige erotische Anziehungskraft, und Lazar spürte, wie sich jene uralte gierige Schlange in ihrer darwinischen Höhle regte.

»Schön, dich zu sehen«, sagte Suzette.

»Du siehst hübsch aus«, sagte er. »Mir gefällt, was du aus deinem Haar gemacht hast. Du siehst aus wie ein Millais.«

»Danke«, sagte sie fast tonlos; noch hatte sie nicht recht Lust, sich wieder sein ständiges Gewäsch anzuhören. Sie schürzte die Lippen und sah ihn mit einer Art Chirurgenblick an, als wollte sie mit einem ganz kleinen Beil einen präzisen Hieb führen. Sie sagte: »Letzte Woche lief *Das Lied vom dünnen Mann*.«

»Ich weiß«, sagte er. Er war beeindruckt und seltsam gerührt. »Ziemlich gewagt von dir, das zu erwähnen. Wenn man bedenkt.«

Energisch stellte sie die Kaffeetasse ab, und er bemerkte das Zucken ihres rechten Bizeps. »Du hast mehr bekommen als ich«, sagte sie. »Du hast sechstausend Dollar bekommen! Ich fünftausendvierhundertundfünfundneunzig. Ich schulde dir gar nichts.«

»Ich habe nur viertausend bekommen, weißt du noch?« sagte er. Er spürte, wie er rot wurde. »Das, äh, hat sich vor Gericht rausgestellt – weißt du nicht mehr? Ich – na ja, ich habe gelogen.«

»Stimmt«, sagte sie bedächtig. Sie verdrehte die Augen und biß sich auf die Lippe, als sie sich daran erinnerte. »Du hast gelogen. Viertausend. Sie waren doppelt soviel wert.«

»Vielen fehlten die Haare oder Arme und Beine«, sagte er.

»Du Schwein!« Sie schüttelte einsilbig den Kopf, und die goldenen Locken knisterten wie ein Kleid. Weil sie Lazar früher voll Feingefühl und Zärtlichkeit ein Schwein genannt hatte, war er jetzt nicht gleich beunruhigt. »Du hast meine Puppen verkauft«, sagte sie verträumt, obwohl sie das natürlich ganz genau wußte, und zwar schon lange. Nur daß jetzt, das konnte er sehen, alles wieder in ihr hochkam, die Erinnerung an die Gemeinheiten, die sie einander gesagt hatten, an die müden, höhnisch grinsenden Gesichter der Rechtsanwälte, an das scharfe Schlußwort des Richters, der all ihre Klagen und Gegenklagen abgewiesen hatte, an den Tag, als sie sich zum letzten Mal in den leeren Räumen getroffen hatten, in dem ihr Restaurant gewesen war, inmitten der bloßgelegten Anschlüsse, der blanken Drähte, der Verputzbrokken auf dem Boden; an die Erbitterung, die von Anfang an die Frucht ihrer Liebe gewesen war. »Und ihre Sachen hast du auch verkauft«, fiel ihr ein. »Ihre Kleider und Pumps und kleinen Badeanzüge, alles.«
»Ich habe nur versucht, es dir heimzuzahlen.«
»Weswegen? Weil ich dafür gesorgt habe, daß mir von der ganzen Zeit, die ich mit dir vergeudet habe, wenigstens etwas bleibt?«
»Mach halblang, Suze.«
»Und dann auch noch zu lügen? Viertausend Dollar!«
»Dazu haben mir anfangs meine Anwälte geraten«, log er.
»Kravitz! Di Martino! Diese fetten, schmierigen, aalglatten Rechtsverdreher! Oh, ihr Schweine!«
Sie war jetzt aufgesprungen, und alle auf der Terrasse hatten sich mit großem Interesse umgedreht und starrten sie an. Ihm wurde klar – vielmehr, er erinnerte sich –, daß er sich auf gefährliches Terrain vorgewagt hatte, daß Suzette eine Vorliebe dafür hatte, Szenen in Restaurants zu machen. Genau so war's früher auch, sagte eine Stimme im Innern Lazars – eine pessimistische, verdammende Stimme –, das hat

dir wohl gefehlt. Er bemerkte, wie merkwürdig schräg sie ihre Kaffeetasse hielt, und hoffte wider alle Hoffnung, daß sie nicht vorhatte, ihm den Espresso ins Gesicht zu schütten. Sie gehörte zu den Frauen, die gern mit Getränken um sich werfen.

»Erzähl mir jetzt bloß nicht«, sagte er unwillkürlich in einem vor salbungsvollem Sarkasmus triefenden Ton, »daß du dich wieder mit mir *auseinandersetzt*.«

Man sah ihr an, daß sie mit Wurfbahnen, Seitenwindabweichungen, Getränkegeschwindigkeit und ähnlichen technischen Überlegungen beschäftigt war – all die erforderlichen Daten sammelte, und Mut –, und dann warf sie. Die Tasse flog an Lazars Kopf vorbei, und er hatte gerade noch Zeit, zu einem toleranten, überlegenen Lächeln anzusetzen und den Mittelfinger seiner rechten Hand teilweise auszustrekken, bevor die Tasse von dem niedrigen Mäuerchen neben ihm abprallte und ihn als Querschläger im Gesicht traf.

Suzette machte kurz ein verdutztes Gesicht, nahm dies zur Kenntnis, wie man ein As beim Tennis oder Golf zur Kenntnis nimmt, und lachte dann so fröhlich, wie man nur nach einem Glückstreffer lachen kann. Während die mitleidlosen Leute auf der Terrasse Beifall klatschten – Mann, das brachte Lazar zur Weißglut –, machte Suzette auf dem Absatz kehrt und schritt mit einem aufreizenden Lächeln leichtfüßig von der Terrasse des Cafés mitten auf die Ocean Avenue hinaus. Lazar rappelte sich auf und ging ihr nach, während ihm kalter Kaffee in dünnen Rinnsalen über die Wangen lief. Sie achteten beide nicht darauf, wohin sie gingen; in diesen letzten paar Sekunden, ehe er sie einholte und auf die hohle Wange küßte, vertrauten sie darauf, daß nichts sie aufhalten würde, weder ein plötzlich daherrasender Bus noch sonst ein Unfall.

Eine Welt im Modell

Mein Freund Levine hatte nur noch wenige Monate an seiner Dissertation zu arbeiten, doch als er eines Sonntagnachmittags im *Acres of Books* auf die kleine schwarze Broschur von Dr. Frank J. Kemp stieß, beschloß er fast sofort, sie zu plagiieren. Sie lag ganz unten in einer Whiskeykiste voll mit alten Ausgaben des *Evergreen Review*, die er gründlich durchgesehen hatte, weil er wollte, daß sich eine Frau, die Betty hieß und Lyrik von Gregory Corso mochte, in ihn verliebte; in Liebesdingen war er vom Pech verfolgt und viel zu überschwenglich, zum Beispiel hatte er gerade beschlossen, sich einen Beatnik-Bart stehen zu lassen. Das kleine Buch trug weder auf der Vorder- noch auf der Rückseite irgendeinen Aufdruck; es war ein schlichtes schwarzes Rechteck. Levine nahm es nur deshalb in die Hand, weil er lange Zeit einsam gewesen war und des neutralen Umschlags wegen halb hoffte, es könnte obszönen Inhalts sein. Als er die Titelseite aufschlug, erlitt er einen unauslöschlichen Schock. »Antarktische Modelle induzierter Nephokinese«, las er. Mit diesem Bereich der angewandten Meteorologie befaßten sich seine eigenen Forschungsarbeiten – tatsächlich hatte er genau diesen Titel für seine Dissertation gewählt. Darunter stand Dr. Frank J. Kemps Name, und dann der Name Satis House – ein akademischer Verlag in Ann Arbor, der sich von seinen Autoren die Druckkosten bezahlen ließ; Levine hatte seine dezenten Anzeigen auf den hinteren Seiten des *Journal of Applied Meteorology* gesehen. Das Erscheinungsjahr war zu seinem Erstaunen mit 1970 angegeben, fast zwanzig Jahre, bevor Levine auch nur die leiseste Ahnung von der potentiellen Leistungsfähigkeit antarktischer Modelle gehabt hatte – eine Ahnung, die sich ungeachtet all seiner asketischen Mühen während der letzten eineinhalb Jahre nur teilweise zu Wissen verdichtet hatte. Selbst heute noch galt diese Auffassung der Nephokinese als radikal, und 1970 war sie wohl so unkonventionell, daß Kemp nichts anderes übriggeblieben war, als seine Theorie auf eigene Kosten zu veröffentlichen.

Levine blätterte um und sah, daß Dr. Kemp sein Werk dem teuren Andenken seiner Frau Jean, 21. Mai 1900–21. Mai 1969, gewidmet hatte; Levine fand diese Genauigkeit tragisch und schön. Er stellte sich den trauernden, glatzköpfigen Wissenschaftler vor, wie er an einem Frühlingstag 1969 zusammengesunken auf einem Stuhl neben dem Krankenhausbett seiner Frau saß, den Kopf voller Polarwind. Levine war buchstäblich entsetzt – die Nackenhaare standen ihm zu Berge – über das schändliche Schicksal, das der Theorie des Witwers widerfahren war. Ein ähnliches Entsetzen hatte ihn einige Wochen zuvor gepackt, als er in der Doktorandenbibliothek die Reihen der Bücherregale gesehen hatte, in denen die gebundenen Dissertationen aufbewahrt wurden – tausend Nachnamen in Weiß auf tausend jungfräulich glatten blauen Buchrücken, wie das grimmige Gesicht eines Denkmals. Es war ein Entsetzen vor dem Tod, vor dem unabwendbaren Schicksal, das all seiner Bemühungen harrte, und es war dieses Entsetzen, das ihn – obwohl er nur noch ein paar Monate gebraucht hätte – dazu veranlaßte, die Todsünde der akademischen Welt zu begehen.

Ich hatte in den Regalen mit Bühnendichtung gestöbert und etwas von Mehmet Monsour gesucht, dem modischen französisch-ägyptischen Theaterguru, der zur Zeit Gastguru an der Schauspielschule unserer Universität war. Ich stand am Anfang einer Affäre mit einer Möchtegern-Schauspielerin, die Jewel hieß und für Gurus anfällig war, und hatte Levine nur deshalb nach Long Beach begleitet, weil ich etwas zu finden hoffte, was ihr gefallen könnte; Levine war schon seit Monaten reizbar, paranoisch und ungepflegt, und ich muß gestehen, daß ich ihm normalerweise aus dem Weg zu gehen versuchte. Als ich in der Theater-Abteilung nichts Französisch-Ägyptisches finden konnte, machte ich mich auf die Suche nach Levine, der eine Taqueria erwähnt hatte, wo wir zum Mittagessen Ziege bekommen würden. Levine hatte ständig solche Überraschungen auf Lager, und so halb freute ich mich darauf.

»Levine«, sagte ich, »wie wär's jetzt mit diesen Tacos?« Er lehnte an einem Feuerlöscher im hinteren Teil des Antiquariats, ganz in seine Lektüre vertieft, die Brille war ihm auf der Nase nach unten gerutscht, sein Mund stand offen. Er hatte eine verschobene Nasenscheidewand und atmete chronisch durch den Mund. Seine strähnigen roten Haare waren ihm über ein Auge gefallen. Was er las, schien ihn unangenehm zu überraschen, als wäre es das Tagebuch eines Freundes.

»Was ist das?« sagte ich.

Levine blickte auf, sein Gesicht war erst ausdruckslos, dann verwirrt; er hatte vergessen, wo er war, mit wem und weshalb.

»Das Buch da«, sagte ich und nickte. »Du siehst so gebannt aus. Und erschreckt.«

Seufzend sah Levine auf das schwarze Buch und biß sich auf die Lippe. »Das wird meine Dissertation«, sagte er. »Sobald ich es abgetippt habe.«

»Du willst es plagiieren?«

»Ich will es retten«, sagte er. »Das Buch und mich selbst.«

»Es behandelt das gleiche Thema? Es gibt *andere* Bücher über antarktische Modelle induzierter Nephokinese?«

Verlegen nickte er, fürchtete, ich könnte sein Verhalten mißbilligen. Mit der kindlichen, um Verzeihung heischenden Miene, die er immer dann aufsetzte, wenn er am Boden zer-

stört war – in Bettys Nähe sah er immer so aus –, schlug er das Buch am Schmutztitel auf und hielt es mir entgegen.
»Es kostet nur fünfundsiebzig Cents«, meinte er.
Dann sagte er noch, vor Aufregung könne er jetzt nichts essen, schon gar nicht Ziege, und so gingen wir, nachdem er bezahlt hatte, zum Auto zurück. Als er auf den Freeway fuhr und merkte, daß ich ihn nicht tadeln würde, setzte mir Levine seinen ruchlosen Plan auseinander, der schlicht vorsah, Kemps Buch auf offizielles Dissertationspapier abzutippen, in der offiziellen Dissertationsschrift und mit allen vorgeschriebenen Rändern; mit seinem Doktortitel werde er dann mehrere Monate früher, als er für möglich gehalten hatte, nach Santa Fe oder Taos übersiedeln und sich dort als Hersteller von Windspielen aus Keramik selbständig machen. Und niemand würde je von seinem Betrug erfahren, dessen fühlte er sich sicher. Außer dem Autor sei er der einzige Mensch auf der Welt, der das Buch gelesen hatte.
»Jemand muß es doch gelesen haben«, sagte ich. »Wie ist es sonst im *Acres of Books* gelandet?«
»Kemp wohnte in Long Beach. Nach seinem Tod hat jemand seine Sachen verkauft, und das hier wanderte ins Antiquariat. Und es gab bloß noch dieses eine Exemplar zum Verkaufen, weil Kemp die anderen verbrannt hat. Aus Verzweiflung.«
Ich starrte ihn an. Levine fuhr genauso vorsichtig wie sonst auch, beide Hände am Steuer, nie schneller als 45 Meilen in der Stunde. Er schob seine pedantische Fahrweise immer auf sein Auto, einen blauen Rambler American, der seiner Großmutter gehört hatte, doch in Wahrheit zählte Levine zu jener großen Gemeinschaft junger Männer, denen man in der akademischen Welt oft begegnet und die auf zwei oder drei Dinge – die Anordnung ihrer Socken in der Schublade, die alphabetische Reihenfolge ihrer Jazz-Platten, die korrekte Zubereitung einer Bloody Mary – zwanghafte Sorgfalt

verwenden, in jeder anderen Hinsicht aber Dreckschweine sind. Jedenfalls wirkte er nicht sonderlich verstört – oder verzweifelt –, als er Luftschlösser in New Mexico baute und über den in alle Winde zerstreuten Nachlaß Dr. Kemps phantasierte. Er schien sich seiner Sache völlig sicher zu sein und zweifelte nicht im geringsten am Erfolg seines geplanten Verbrechens, und als wir dann wieder im Graduierten-Wohnkomplex, oder Gradplex, waren, wirkte er sogar glücklich. Zum erstenmal seit Monaten konnte ich ihn dazu bewegen, mich zu sich einzuladen, um das Spiel der Lakers in seinem Farbfernseher zu sehen. Er mußte das Gerät aus einem Schrank holen und blies lächelnd den Staub in einer kleinen Wolke vom Bildschirm. Ich glaube, es war ein schöner Abend für Levine. James Worthy machte fünfunddreißig Punkte, zwei am Boden kniend, mit dem Rücken zum Korb, und zur Halbzeit ging Levine in sein Schlafzimmer, rief Betty an und hatte Erfolg.

Um acht Uhr am nächsten Morgen setzte sich Levine an den Küchentisch, um Kemps Buch auf das dokumentenechte Papier abzuschreiben, das er zusammen mit drei Farbbändern, zwei Fläschchen Tipp-Ex und einer großen Tüte Rosinen mit Joghurtüberzug auf dem Heimweg von Bettys Wohnung gekauft hatte. Das säurefreie Papier fühlte sich leblos und gruselig an, wie einbalsamiertes Fleisch, und Levine war nicht wohl bei dem Gedanken, ihm Kemps Worte anzuvertrauen. Draußen war es neblig und kühl, und als schneller Tipper wollte er fertig sein, wenn der Küstenmorgen von der Sonne versengt und einem grellen, grenzenlosen Nachmittag gewichen war. Auf dem Herd stand ein Pott Kaffee, den Stecker des Telefons hatte er aus der Buchse gezogen, und das Päckchen Rosinen lag in Reichweite. Er lockerte die Finger, spannte den ersten Bogen ein und fing an zu tippen. Doch schon bald geriet er in Schwierigkeiten, als er den Feh-

ler beging, Kemps Worte zu lesen, statt sie gedankenlos seinen Fingerspitzen zu übermitteln, und sich mit den Ideen herumschlug, die sie zu formulieren versuchten. Dies hielt ihn beträchtlich auf, und als gegen zwei Uhr die Sonne herauskam, steckte er immer noch im zweiten Kapitel – »Modellbildung anhand kationischer Rückstände in solstitialen Südwinden« –, das eindrucksvoll den Kern von Kemps These darlegte, nämlich daß die ionisierten Sauerstoffmoleküle, die häufig nach einem Sommergewitter über dem Ross-Schelfeis in der Nähe rasch ziehender Kumulonimbusse zu finden waren, das geeignetste Modell der Nephokinese darstellten.
Levine hatte das Kapitel am Vortag in dem Antiquariat überflogen und dabei weniger auf den Gehalt des Textes als vielmehr auf den Schreibstil des Meteorologen geachtet, weil er sehen wollte, ob er seinem eigenen überhaupt ähnelte, und nun fühlte er sich in Bann geschlagen. Die Beweisführung war kreativ, unbeirrbar, gut untermauert, ja sogar genial, und er merkte, wie die Kühnheit von Dr. Kemps Gedankengängen eine Art fürsorglichen Stolz in ihm aufsteigen ließ. Levine hatte vermutet – es war ihm tatsächlich in einem Traum aufgegangen –, daß in den antarktischen Winden der Schlüssel zur Beherrschung der traumhaften Wolkenbewegungen lag, aber über diese eine Intuition war er im Grunde nie hinausgekommen. Und hier stand alles! Aufgezeichnet in Diagrammen und Statistiken, mit fast einem Dutzend Quellen, die Levine völlig neu waren. Es gab eine umfassende sowjetische Studie über kationische antarktische Winde, die während des Internationalen Geophysischen Jahrs durchgeführt und von Levine irgendwie übersehen worden war; außerdem standen in dem Buch die unschätzbaren Ergebnisse dreier Reisen in die Antarktis, die Dr. Kemp selbst unternommen hatte, 1963 und 1968 an Bord der *Hodge*. Die Beweisführung und ihr Verfechter waren um so bestechen-

der, als das Gebiet, in dem Kemp die entscheidenden Messungen durchgeführt hatte, die Bay of Whales war, nicht weit von Litte America auf dem Ross-Schelfeis – ein Gebiet, das sich 1987 vom Kontinent abgelöst hatte und jetzt schmolz. Die Bay of Whales war nicht mehr auf der Karte zu finden.

(»Gibt das nicht Probleme mit deinem Ausschuß?« fragte ich ihn an diesem Abend, als wir zum Essen zu Professor Baldwin fuhren. »Wenn du deine ganze Theorie auf Beweise stützt, die sich nicht mehr nachprüfen lassen?«

»Ihr macht doch nichts anderes«, sagte er – was mich traf. Ich war damals mit der Beobachtung subatomarer Teilchen beschäftigt, zum Beispiel Myonen, die ein sehr kurzes Leben führen. Ich wand ein, daß sozusagen die Vergänglichkeit selbst Gegenstand meiner Untersuchungen war ... Aber ich greife der Geschichte vor.)

Die Sonne war fast untergegangen, als Levine seine Dissertation fertigstellte. Seine Augen waren überanstrengt, der Rücken und der Nacken taten ihm weh, aber im Mund hatte er einen süßen Geschmack, denn er hatte seinen Glauben an den stoischen Adel wissenschaftlicher Arbeit ebenso zurückgewonnen wie seine Achtung vor der strengen Schönheit ihrer Methode. Seine Pläne mit New Mexico, das Klirren von Windspielen in einer wohltönenden Brise, all die Monate fruchtloser Forschungen waren vergessen. Er hatte nie etwas anderes als Wissenschaftler sein wollen. Er sprang auf und stürmte in das graue kleine Gradplex-Wohnzimmer, in dem lediglich eine Stereoanlage und ein zusammenklappbarer Gartenstuhl aus Aluminium und einem Gittergeflecht aus Gummibändern stand. Sein Mitbewohner, ein Anglistik-Doktorand, war Anfang des Monats von der Universität verwiesen worden, nachdem er sich mit einem Professor über eine italienische Semiotikerin, die eine alte Freundin des Professors war, und deren mutmaßliche Verbindungen

zu Benito Mussolini lautstark herumgestritten hatte, und jetzt hatte Levine die Wohnung für sich allein. Er legte sich auf den harten grauen Boden, entspannte sich und ließ die Wirbel seines Rückgrats knacken. Von der Terrasse wehte ein leichter Wind durch die Fliegengittertür und zerzauste ihm die Haare auf der feuchten Stirn. Levine dachte zum erstenmal seit seiner Schulzeit wieder darüber nach, daß der Wind aus Billionen in Bewegung versetzter Moleküle bestand, die er nicht sehen konnte. Er dachte mit der pedantischen Neugier eines sechzehnjährigen Jungen darüber nach, daß alles um ihn herum, einschließlich seiner selbst, seines Körpers, aus Unsichtbarem bestand. Er grinste albern, stand auf und ging zum Telefon.
Julia Baldwin, die Frau des Vorsitzenden seines Prüfungsausschusses, nahm ab. »Was gibt's?« sagte sie.
»Ist Professor Baldwin zu Hause?« sagte Levine, dem mit einem Mal Zweifel kamen.
»Moment.« Es folgte ein Klappern, als sie den Hörer fallen ließ. »Schon wieder einer deiner *Scheiß*-Studenten«, hörte er sie sagen. Professor Baldwin murmelte eine Entschuldigung und meldete sich dann.
»Tut mir leid, wenn ich Sie störe, Professor Baldwin«, sagte Levine. »Es ist bloß so ... Na ja, ich habe mich mit solstitialen Winden über dem Ross befaßt, und ich glaube – ich glaube, ich bin da auf was ganz Großes gestoßen. Und das macht mir irgendwie angst, Sir, es ist eine Riesensache. Ich würde gern mit Ihnen darüber reden, falls das geht.«
»Wir haben Besuch, Levine«, sagte Professor Baldwin. »Ein Lehrer meiner Frau kommt zum Essen. Um was geht es denn bei dieser Riesensache, die Ihnen angst macht?«
Levine setzte ihm kurz die Grundzüge von Kemps These über antarktische Modelle auseinander, natürlich ohne mit einem Wort auf Dr. Kemp einzugehen. Er sagte, seiner Meinung nach läge eine praktikable Methode zur Kontrolle der

Wolken jetzt zehn Jahre näher als gestern. Zunächst streute Professor Baldwin Bemerkungen wie »Ja, ja« und »Verstehe« ein, aber als Levine zu Ende gesprochen hatte, schwieg er lange Zeit. Levine konnte hören, wie Mrs. Baldwin, die schöne Julia, im Hintergrund vor Lachen kreischte.
»Vielleicht kommen Sie lieber mal vorbei«, sagte Professor Baldwin. »Ich muß Julia fragen. Moment.«
Levine hüpfte auf der Stelle, während er wartete, und sah zu, wie das letzte rote Fähnchen im Abendhimmel verblaßte. Mit am besten gefiel ihm an der Meteorologie, daß auch Sonnenuntergänge in ihre Domäne fielen.
»Kommen Sie in einer Stunde«, sagte Professor Baldwin. »Alles klar. Meine Frau hat sogar vorgeschlagen, daß Sie Ihren Freund Smith mitbringen. Wir haben einen ganzen Lachs.«
»Danke«, sagte Levine. »Ich rufe ihn an.«
Natürlich war es eben dieselbe Julia – oder Jewel – Baldwin, für die ich jenes Buch über französisch-ägyptische Schauspieltheorie zu finden gehofft hatte, und ich sagte Levine, daß ich ihn mit dem größten Vergnügen begleiten würde.

In den Hügeln über dem Fakuplex heulten Kojoten und suchten nach Kätzchen, als Levine und ich auf die Zufahrt zu Baldwins Haus am Froebel Lane einbogen. Diese ganze Siedlung samt den spillerigen neuen Bäumen an Stützpfosten, den frisch verlegten Rasen, den nach berühmten Pädagogen benannten Straßen hatte sechs Monaten zuvor noch nicht hier gestanden, und Levine und ich waren mit unseren Ferngläsern und einem Sixpack Bier oft hier raufgekommen und hatten uns auf einige flache Felsbrocken gesetzt, nicht weit von der Stelle, wo jetzt Baldwins japanischer Kombi geparkt war. Unter anderem hatten wir eine gemeinsame Schwäche für Vögel und kleine Tiere, obwohl er viel mehr über sie wußte als ich, und einmal hatte uns der Anblick

zweier roter Klapperschlangen verzaubert, irgendwo in der Nähe von Baldwins Haustür. Ich erinnerte Levine daran.
»Die haben's miteinander getrieben«, fiel ihm ein. »Liebe unter Schlangen.«
Er klingelte und zog seine Krawatte gerade. Ich hatte ihm gesagt, daß niemand sonst eine tragen werde, aber er hatte es sich nicht ausreden lassen. Er besaß nur die eine Krawatte – sie war mindestens fünfundzwanzig Jahre alt und braun; vor dem Hintergrund eines Gitternetzes war in einem Muster aus konzentrischen Kreisen eine weiße Figur zu sehen, die entfernte Ähnlichkeit mit einem Vogel aufwies. Er nannte sie seine Radar-Ente-Krawatte und trug sie normalerweise nur zu ersten Rendezvous und vor Gericht. Ich wollte ihn gerade zum x-tenmal damit aufziehen, als ein großer, korpulenter Mann mit sehr dunklem Teint und grauem Haar die Tür öffnete; er trug einen Morgenmantel über einem Pyjamaoberteil und einer Jogginghose. Den Morgenmantel schmückte ein Rodeo-Motiv, er war mit springenden Cowboys, Lassos und Brandeisen bedruckt. Das war Mehmet Monsour.
»Da drin fliegen die Fetzen«, sagte er mit einem fröhlichen Grinsen und streckte uns seine große braune Hand entgegen. »Bitte kommen Sie rein.«
Wir gingen hinter Monsour in das geflieste Wohnzimmer, setzten uns auf die gegenüberliegenden Enden eines älteren, modernen dänischen Sofas und falteten die Hände im Schoß. Die Baldwins schrien und stritten in einem anderen Zimmer. Monsour ging zu einem ramponierten Sessel, lehnte sich genüßlich zurück und griff nach einer großen Dose Starkbier und der Fernbedienung des Fernsehers. Mit gespanntem, prüfendem Blick, als verfolge er die Interpretation einer Berma oder einer Norma Desmond, schaltete er hin und her zwischen einer nachgestellten Gerichtsverhandlung und einer Talkshow, in der drei Transsexuelle über ihr Leben als

Mann sprachen, das sie hinter sich gelassen hatten; offensichtlich hatten wir ihn bei seinen Schauspielstudien gestört. Wie die meisten Schauspiellehrer war er in erster Linie für die unkonventionellen Quellen seiner schwierigen Produktionen und die wunderliche und mitunter etwas grausame Disziplin bekannt, die er seinen Schülern abverlangte. (Sechs Monate später las ich in der *Los Angeles Times* eine respektvolle Kritik seines »tolldreisten« neuen Stückes *Scheidungsgericht.*) Ich hatte ihn erst letzte Woche kennengelernt, als Jewel mich auf sein unordentliches Zimmer in der Kon-Tiki Motor Lodge mitgenommen hatte, aber er zeigte jetzt keinerlei Anzeichen, daß er mich wiedererkannte, sondern ignorierte sowohl Levine als auch mich völlig. Nach fünf Minuten sahen wir uns an und standen gleichzeitig auf.

»Richten Sie Professor Baldwin einfach aus, daß ich morgen zu ihm komme«, sagte Levine.

»Ist geritzt«, sagte Mehmet Monsour und scheuchte uns mit einem fröhlichen Winken aus dem Zimmer.

Wir waren schon an der Tür und wollten gerade gehen, als Professor Baldwin uns zurückholte. Er hatte die Hände in die Taschen seiner grauen Strickjacke gesteckt und trug jene ungerührte, gelangweilte Miene zur Schau, um die sich ein Kunde in einem Geschäft bemüht, wenn er gerade etwas Teures kaputtgemacht hat. Er sah aus, als wolle er jeden Moment ein Liedchen pfeifen.

»Wo wollen Sie denn hin?« fragte er sanft.

»Oh«, sagte Levine. »Nirgends.«

»Wir sind gerade erst gekommen«, sagte ich. »Gerade eben. Wie geht's Ihnen, Professor Baldwin?«

»Wir müssen nicht zum Essen bleiben«, sagte Levine. »Wir können sofort wieder gehen.« Nun, da ihm sein Prüfungsvorsitzender in Fleisch und Blut gegenüberstand, ihn, vom Streit zermürbt, mit einem gehetzten Blick ansah und nicht

mehr nur eine körperlose Stimme am Telefon war, bekam Levine langsam kalte Füße.
»Quatsch. Julia zieht sich gerade an. Kennen Sie Mehmet? Mehmet Monsour? Monsieur Mehmet Monsour?« Er lachte leise auf, und mir wurde klar, daß er in der irrigen Annahme, Mehmet Monsour habe den Riß in seiner Ehe herbeigeführt und sich darin eingenistet, gern Witzchen über seinen Kollegen machte, der als Gastdozent ohne feste Anstellung unterrichtete. Mit einem Mal tat mir Baldwin leid, und ich wünschte, ich wäre nicht gekommen. Er führte uns wieder ins Wohnzimmer, wir setzten uns, sahen zu viert fern und überlegten, wie es wohl war, eine Frau zu werden. Niemand sagte etwas. Ich wartete auf Jewel und versuchte zu erraten, was sie anhaben würde. Mir gefiel ihre alte Levi's, die am Hintern einen Riß hatte, so daß nackte Haut zu sehen war, wenn Jewel sich bückte.
»Mr. Smith!« rief sie, als sie endlich in einem violetten Wikkelkleid auftauchte, und nahm meine Hand. »Mr. Levine! Wie schön, Sie zu sehen!« Sie bemühte sich wie zuvor ihr Mann, so zu tun, als sei sie noch nie im Leben – geschweige denn in der letzten Viertelstunde – laut geworden, aber ihre Herzlichkeit war aufgesetzt, sarkastisch und sogar ein wenig beängstigend, als spiele sie Shaw.
»So, wenn die Herren mir jetzt nur zwanzig Minuten Zeit geben könnten«, sagte sie, während sie zu Mehmet Monsour hinüberging, um ihm einen liebevollen Klaps auf das graue Haupt zu geben. »Alles ist fast fertig.«
»Lassen Sie mich helfen, Mrs. Baldwin«, sagte ich.
»Schön«, sagte Professor Baldwin. »Levine, Sie und ich setzen uns jetzt ein paar Minuten in mein Arbeitszimmer, da können wir reden.«
Levine sprang sofort auf, als hätte man ihn als Zeugen vor den Richter zitiert, und ging hinter Professor Baldwin den Flur entlang in das kleine Zimmer im hinteren Teil des Hau-

ses, wo Baldwin seine revolutionäre Arbeit über den sogenannten Treibhauseffekt leistete. Das Zimmer bot einen Blick über den Cañon auf die Berge und enthielt ein einziges, auf Backsteinen ruhendes Bücherbrett, wo vielleicht hundert Bücher aufgehäuft waren. Ein wesentlich breiteres Brett lag auf zwei Sägeböcken und diente dem Professor als Schreibtisch; der dazugehörige Barcelona-Sessel hatte seinem Schwiegervater, einem Architekten, gehört. Für Levine stand nur ein Tritthocker in der Ecke. Obwohl Baldwin für einen Ordinarius und mehrfach ausgezeichneten Atmosphärenkundler verhältnismäßig jung war, besaß er die mühsam erworbenen Tugenden eines älteren Mannes: Vorsicht, Demut, Genügsamkeit. Die wenigen schwarzen Haarsträhnen auf seinem vorzeitig kahlen Kopf schienen – wie das karge Büro, wie seine Ehe – das Ergebnis einer bewußten Anstrengung, mit so wenig wie möglich auszukommen, als bereite er sich auf den nahe bevorstehenden Untergang der Biosphäre vor. Abgesehen von einem kleinen gerahmten Foto seiner Frau in einem Parka auf einer Falkland-Insel, war der einzige Luxus, den er sich gönnte, sein Computer – eine teures Gerät, tauglich für dreidimensionale Farb-Animation, das er sich mit einem Teil seines MacArthur-Stipendiums gekauft hatte und auf dessen Bildschirm gerade eine lange, zeitaufwendige Simulation der weltweiten Ozonzunahme lief.
»Das ist der Mann, mit dem meine Frau ein Verhältnis hat«, sagte er und griff in einen Pappkarton, der neben ihm auf dem Boden stand. Er holte einen Cellophanbeutel mit Marihuana und eine kleine Wasserpfeife hervor.
»Smith?« sagte Levine, dem ein Licht aufging. Ich fürchte, ich hatte ihm nie etwas davon erzählt.
»Mehmet.« Baldwin spuckte die letzte Silbe förmlich aus. »Nicht Smith. Es bringt mich um den Verstand.«
Levine wußte nicht, was er darauf sagen sollte. Er und sein Prüfungsvorsitzender waren nicht befreundet. Es gab ein

oder zwei Doktoranden, die viel Zeit in Baldwins Büro auf dem Campus verbrachten und über Robert Heinlein und Buckminster Fuller redeten, aber auch sie waren im Grunde nicht Professor Baldwins Freunde. Vielleicht hatte Professor Baldwin keine Freunde.

»Schon gut. Vergessen Sie's.« Er schüttelte den Kopf. »Erzählen Sie mir von dieser Ross-Sache«, sagte er und zündete die Pfeife an. Beim Einatmen zog der Professor die Augenbrauen hoch, beim Ausatmen des Rauchs senkte er sie wieder. Er und Levine sogen mehrere Minuten lang in fast völligem Schweigen abwechselnd an der Pfeife. Das Zimmer füllte sich mit Kumulonimbuswolken en miniature. Levine betrachtete die Titel der Bücher auf den Regalbrettern, ohne sie wirklich wahrzunehmen, bis sein leerer Blick auf einen schlanken schwarzen Buchrücken in der linken oberen Ecke des Regals fiel, ohne Titel, genau so hoch und dick wie Dr. Kemps Buch.

»Ach du Schande«, sagte Levine und blies eine dicke Rauchwolke aus.

»Was?« sagte Professor Baldwin. Er sah zu dem Bücherregal, als klettere dort eine große Spinne oder eine Maus herum.

»Haben Sie bei Dr. Kemp studiert?« Levine sah Baldwin vor sich, etwas plumper und mit mehr Haaren, wie er neben seinem unerschrockenen Mentor stand, Rauhreif lag auf ihren Gesichtern, im Hintergrund Alke und grüne Eisberge. Sie waren unzertrennlich gewesen.

»Dr. Kemp?« Baldwin runzelte die Stirn. »Nie von ihm gehört.«

Dies trug wenig dazu bei, Levine zu beruhigen. Auch wenn Dr. Kemps Buch vielleicht nicht auf diesem Regal stand, es hätte dort durchaus stehen *können* – das Buch war irgendwo da draußen und lauerte auf ihn; man würde ihm auf die Schliche kommen. Er war nicht im mindesten überrascht, und er empfand das in ihm plötzlich wiederauflebende Gefühl des Versagens und der Niederlage fast als Erleichterung, als hätte er sich die Krawatte gelockert und den Kragenknopf geöffnet. Es gab keinen leichten Ausweg aus dem Gefängnis seines Studiums, und das hatte er bis gestern auch ganz genau gewußt. Sein Versuch mit dem Plagiat war lediglich Selbstbetrug gewesen.

»Es ist Smith.« Er hatte ein Gefühl großer Distanz zu dem, was er sagte.

Professor Baldwin sah konzentriert auf das Zifferblatt seiner Armbanduhr und schien ihn nicht gehört zu haben.

»Es ist nicht dieser Monsour«, sagte Levine und lieferte uns beide unserem Schicksal aus. »Ich glaube, es ist Smith, Sir.«

Jetzt sah der Professor zu Levine auf und biß sich auf die Lippe. In Gedanken ging er die Indizien durch.

»Sie könnten recht haben«, sagte er. »Klingt plausibel.«

Vorsichtig legte er die Pfeife und die Plastiktüte in den Karton zurück, dann stand er auf und hielt sich am Schreibtisch fest. Auf dem Monitor seines Computers überhitzte sich das Klima einer Welt im Modell, so daß sie langsam ertrank.

»Was werden Sie jetzt tun?« fragte Levine.

»Ich habe mich noch nicht entschieden«, sagte Professor Baldwin. »Aber etwas werde ich unternehmen. Vor ihm habe ich keine Angst.« Entschlossen ging er zur Tür. »Mit einem schlechten Studenten weiß ich umzugehen.«

»Ein schlechter Student?« sagte Levine und stand mit wackligen Knien auf, um hinter Baldwin aus dem wolkenverhangenen Zimmer zu gehen.

Baldwin knipste das Licht aus und lächelte matt, als sehe er ein, daß seine Bemerkung vielleicht nicht ganz angemessen gewesen war.

»Sie wissen, was ich meine«, sagte er.

»Professor Baldwin«, sagte Levine. »Was wäre, wenn alle

meine Daten aus der Bay of Whales stammten? Das wäre nicht so gut, oder?«
»Das würde überhaupt nichts ausmachen.« Er trat auf dem Flur einen Schritt zur Seite, um Levine vorbei zu lassen. »Nach Ihnen«, sagte er.

Man saß schon über eine Stunde bei Tisch, und als die Gräten und fettigen Teller abgeräumt waren, wurde Mehmet Monsour gebeten, eines seiner berühmten Spielchen vorzuführen. Er und Jewel hatten während des Essens den Großteil der Konversation bestritten, indem sie über die darstellerischen Fähigkeiten von Bill und Luke und Clothilde und Janet und vor allem Jewel sprachen; Starkbier machte Monsour offenbar unglaublich redselig, denn mit jeder neuen Dose schien er das Gespräch immer mehr an sich zu reißen, und seine Geschichten – wie ich Menschen hasse, die beim Essen Geschichten erzählen! – wurden immer schmutziger und anstößiger. Er war in der ganzen Welt herumgekommen. Professor Baldwin, Levine und ich blieben unserem ungleichen Schweigen überlassen. Wann immer ich Baldwin ansah, strahlte er, als kenne er eine für mein weiteres Geschick erfreuliche Nachricht, als hätte ich irgendeinen Preis gewonnen. Ich brachte kaum einen Bissen runter. Levine nickte so konzentriert zu allem, was Mentor und Schülerin sagten, daß mir klar war, er hörte überhaupt nicht zu.
»Und deshalb habe ich es einfach gestohlen. Es gehörte mir nicht, und ich hatte keinerlei praktische Verwendung dafür – das werden Sie verstehen«, sagte Monsour gerade. Er war im Verlauf des Abends laut und ein wenig vulgär geworden – der Gürtel seines Morgenmantels hatte sich gelöst, und an dem Pyjamaoberteil waren ein paar entscheidende Knöpfe aufgesprungen –, und ich erinnerte mich, daß mir mein Vater einmal den Rat gegeben hatte, nie etwas zu trinken, das eine

Zahl im Markennamen hatte, ausgenommen Vat 69. »Für sie dagegen – das sehe ich heute – stellte dieses Radio außer mir ihre einzige Verbindung zur Außenwelt dar. Für sie war es wertvoll. Wenn ich ging, würde sie völlig abgeschnitten sein, wie Sie verstehen werden.« Er schüttelte den Kopf über seine Gemeinheit von damals, lächelte aber versonnen, als hätte er sich längst verziehen.

»Diese Geschichte kenne ich schon«, sagte Jewel. Auch sie hatte Starkbier getrunken; ob ihr Wickelkleid weiterhin zusammenhalten würde, erschien fraglich. »Ich habe sie dir erzählt, Baldwin.«

»Oh, ja, ich erinnere mich«, sagte Baldwin und lächelte mich jetzt aufs innigste an. Er wandte sich an Mehmet Monsour. »Warum erzählen Sie nicht den beiden da von dem Spiel? Hörte sich nach einem echten *Knaller* an.«

»Ja doch, spielen wir«, sagte Jewel. Sie saß neben mir, und als sie das sagte, stieß sie mich mit dem linken Ellbogen leicht in die Seite. Ich war jetzt sicher, daß mir etwas sehr Unangenehmes bevorstand, und zum erstenmal auch sicher, daß ich ihr als Mensch sehr wenig bedeutete. Ich war nur eine Möglichkeit mehr, ihren Mann zu ärgern.

»Es ist ganz einfach«, sagte Monsour, wirbelte zu Levine herum und überrumpelte ihn. Levine setzte sich auf und faltete gelehrig die Hände im Schoß. »Eigentlich ist es gar kein Spiel. Wir schalten alle Lampen aus.« Er stand auf und raffte seinen außer Rand und Band geratenen Morgenmantel um sich. Die Kerze auf dem Eßtisch verbreitete ihr einsames Licht. »Ist das recht, Baldwin?«

»Klar«, sagte Baldwin. »Kein Problem. Ich glaube aber nicht, daß ich mitspiele. Bei so was bin ich nicht zu gebrauchen.«

Er sah zu Jewel, und sie wurden rot wie ein Liebespaar.

»Ganz wie Sie möchten. Schön.« Monsour setzte sich wieder und griff nach seiner Bierdose. »So, Jungs, jetzt möchte ich, daß ihr uns bitte was erzählt.« Er legte die Fingerspitzen seiner Hände zusammen und betrachtete das daraus entstandene Gebilde. »Was ist das Schlimmste, was ihr in eurem ganzen Leben je gemacht habt?« Er hatte diese Frage in den letzten zwanzig Jahren unzähligen Studenten gestellt, und nach dem vierten und zehnten Wort legte er Pausen ein, weil er festgestellt hatte, dadurch besonders pikante Antworten hervorlocken zu können. »Sie, Mister äh –« Er nickte Levine zu. »Levine, Entschuldigung. Machen Sie den Anfang.«

Im Kerzenlicht erschien das Gesicht meines Freunds erhitzt und gerötet, und ich sah ihm an – auch wenn ich den Grund dafür nicht kannte –, daß er sich von der Bürde des Erfolgs befreien wollte. Er knotete die Krawatte auf und warf sie auf den Tisch, dann wandte er sich mir zu, und das taten auch Baldwin, Jewel und Mehmet Monsour.

»Nach dir«, sagte er.

Ein Gefühl der Beklommenheit, wie es jetzt die am Tisch Versammelten überfiel, kann wohl noch durch andere Dinge hervorgerufen werden als durch Hörneraufsetzen, Scharlatanerie und akademische Korruption. Es war, als wüßten wir alle, daß ein schwaches Gift im Essen gewesen war, das jetzt langsam wirkte, als wüßten wir auch, wer das Gift hineingetan hatte, und als wüßten wir alle, daß wir es wußten. So eine Beklommenheit war das; Beklommenheit, wie sie von einer Familie unmittelbar vor der Scheidung ausgeht oder von einer Forschergruppe, die an neuartigen Todesstrahlen arbeitet. Ich spürte die unverhohlene Ermunterung von Jewels Fingerspitzen auf meinem Schenkel, sie drängte mich, einen Mann zu kränken, der dieser Kränkung in gewisser Hinsicht sehnsüchtig entgegensah, aber ihr Gesicht war – wie das ihres Mannes, Monsours, Levines und, wie ich mir vorstelle, auch meines – unsicher und ein wenig verkniffen.

Zum Glück war ich so geistesgegenwärtig, die Wahrheit zu sagen. Ich erzählte ihnen, daß ich als Kind zu meinem Leidwesen im Ruf gestanden hatte, ehrlich und anständig zu sein, was ich, wie ich fand, nicht verdient hatte. Eines Sommerabends, sagte ich, während bereits Scham in mir aufwallte, war ich früher als alle anderen vom Eßtisch entlassen worden und barfuß auf dem Gehsteig durch unser menschenleeres Viertel gegangen. In der Ferne hatte ich eine elektrische Heckenschere gehört, einen Rasensprenger, Fernseh-Schießereien. Ich war an der Garage eines Freundes namens Mike vorbeigegangen, der, wie ich wußte, genau an diesem Tag ein neues Spielzeugauto geschenkt bekommen hatte; das Garagentor stand offen, und ich sah einen Spieltisch, auf dem ein paar Döschen Modellfarbe standen, ein halb zusammengebauter Modellbomber und das neue rote Matchbox-Auto. Ohne irgendeinen bestimmten Grund nahm ich einen Pinsel und ein Döschen Silberfarbe, verschmierte die Heck- und Windschutzscheibe des Spielzeugautos, warf es auf den Boden, trampelte darauf herum und lief dann nach Hause. Das Schreckliche kam danach, als ich zu Mikes Haus zurückging und alle Kinder aus unserem Viertel dort herumstehen sah; alle bestritten, das Auto demoliert zu haben. »Smith war's nicht«, hatte Mikes älterer Bruder gesagt. »Das steht jedenfalls fest.« An diesem Abend, hatte ich, als ich mich zum Schlafengehen fertigmachte, zwei glitzernde Streifen an meiner Fußsohle entdeckt.
»Das haben Sie erfunden«, sagte Mehmet Monsour mit einem geheimnisvollen, nilotischen Lachen. »Gut gemacht.«
»Ich habe es nicht geglaubt«, sagte Jewel. Sie stand auf und begann, das restliche Geschirr abzuräumen.
»Ich auch nicht«, sagte Baldwin, und plötzlich fand ich mich von seinem unerträglich freundlichen Blick befreit.
»Und was ist mit mir?« sagte Levine.
»Mir ist so langweilig!« sagte Monsour in fröhlichem Ton, als

verkünde er seine Absicht, zur Verdauung ein paar flotte Bahnen zu schwimmen. Er stand auf und ging wieder zum Fernseher.

Beim Abschied von Monsour an diesem Abend war ich überrascht, als er mich aufforderte, an seinem nächsten Oberseminar teilzunehmen, das er Ende des Monats auf einer Eisbahn hier am Ort abhielt – so überrascht, daß ich einwilligte. Monsours Interesse an mir mag Jewel verärgert haben; sie rief nicht mehr an. Ich nehme an, sie hatte keine richtige Verwendung mehr für mich, falls sie überhaupt je eine gehabt hatte. An dem Seminar nahm sie nicht teil, und ich habe sie seit langem nicht mehr gesehen. Auf der Eisbahn – im Verlauf der achtundvierzig Stunden, in denen wir verschiedene Tiere imitierten, fasteten, schrien und unser Wasser hielten – lernte ich einiges über den originären Zusammenhang zwischen Qual und Unterhaltung. Das Ganze war eine zermürbende und alberne Erfahrung, die mir aber trotzdem die Augen geöffnet hat, und was immer ich an Erfolg seitdem auf der Bühne und – falls dieser Deal mit Lucifex Pictures klargeht – sogar auf der Leinwand gefunden habe, muß ich wohl Monsour zuschreiben. Als Sprachrohr für mich habe ich ein Drehbuch geschrieben, das auf dem heroischen Leben Werner Heisenbergs basiert. Ganz habe ich die Physik also nicht aufgegeben. Natürlich weiß ich, was alle über Hollywood sagen, und manchmal entmutigt mich der Gedanke ein wenig, daß ich mich in einer Grube voll heimtückischer Schlangen durchsetzen muß, aber ich habe keine Veranlassung, mich der Aufgabe nicht gewachsen zu fühlen. Was Levine angeht, so machte seine Dissertation in Fachkreisen Furore, nachdem das zweite Kapitel im *JAM* veröffentlicht worden war. Er schlug sofort die Ordinarienlaufbahn am Caltech ein, bekam dort ein riesiges Labor und einen zwölf Millionen

Dollar teuren Cray-Computer zur Verfügung gestellt, und als ich neulich nach Pasadena rauffuhr, erzählte er mir in einem Ton, in dem Ehrfurcht und Freude mitschwangen, den meisten Schätzungen zufolge sei die Menschheit jetzt nur noch ein paar Jahre von der völligen Beherrschung der Wolken entfernt.

Der Ajatollah der Liebe

Ihr Anglophonen von Paris, meine Damen und Herren, liebe amerikanische Landsleute, ob im Exil oder im Urlaub oder beides, ich habe eine Frau; und meine Frau hat die Green Card. Wir wohnen neben dem schönsten Friedhof der Welt. Wenn wir auf den stillen Wegen im Père-Lachaise spazierengehen, über sämtliche Treppen zu den Grabmälern ganz oben steigen, vor dem kleinen steinernen Palais stehenbleiben, das die Gebeine einer russischen Prinzessin birgt, redet Roksana manchmal zärtlich mit mir und küßt mich aufs Ohr oder auf die Fingerspitzen, und einen Moment lang wirken wir dann wie ein verheiratetes und fast normales Paar. Doch überall sonst in Paris und fast überall in den Vereinigten Staaten bin ich lediglich der Mann, der sie zur Amerikanerin macht, und sie würdigt mich kaum eines Blicks. Roksana ist Iranerin – oder Perserin, wie sie lieber sagt –, kräftig und schwarzhaarig; ihre Lippen und Wimpern sind dick und dunkel; sie kann mich verprügeln. Sie ist die schönste Frau, der ich je begegnet bin, aber wenn sie böse ist oder von persischer Wollust ergriffen, kommt etwas in ihr Gesicht, das sie wild und urtümlich aussehen läßt, fast wie aus der Steinzeit.

Ich war Diskjockey in Dallas, arbeitete für einen UKW-Sender ganz links auf der Radioskala und war viel mit der Art von Leuten zusammen, die gefährdete Ausländer zu Freunden haben, und da erfuhr ich, daß eine iranische Frau von eiserner Willenskraft und Selbstbeherrschung einen Mann zum Heiraten suchte. Ich lernte sie auf einer Party kennen, sah ihr zu, wie sie einen Whisky trank, und als Roksana widerwillig zu reden begann, über ihre alten und neuen

Kämpfe mit Geheimpolizisten und Vermietern, Eiferern und Bürokraten, über den Verlust ihres Vaters, über die schreckliche Öde der Heimatlosigkeit, und dies in einem Ton, ohne Selbstmitleid und ohne Zorn, da bewunderte ich sie. Anfangs war es nur das – eine Ehe aus Bewunderung und Verzweiflung, weder eine Geld- noch eine Liebesheirat. Unter den kritischen Blicken der Einwanderungsbehörde, der Liebespolizei, wollten wir die drei Jahre bis zu ihrer Einbürgerung zusammenleben, und vielleicht mehr als das, uns dann scheiden lassen und anschließend nur eine seltsame und unerklärliche Freundschaft aufrechterhalten. Hätte ich unsere Abmachung nicht dadurch gebrochen, daß ich mich tatsächlich verliebte, säßen wir noch immer in Texas und zählten die Tage, aber so sind wir hier in der Hauptstadt Frankreichs und warten darauf, daß sich in ihrem – oder meinem – Herz ein Wandel vollzieht.
Und so lege ich nun hier für La Voix du Brouillard jeden Samstag von acht bis Mitternacht Platten auf und erzähle in bestem Schulfranzösisch über Los Angeles, weil manche Pariser ganz verrückt nach L.A. sind, wo mein Bruder Calvin bei Capitol Records als Produktmanager arbeitet. Jede Woche schickt er mir einen Bericht über die vergangenen sieben Tage seines riskanten Lebens voller Parties, schwerer Autounfälle und Karambolagen mit Mannequins und Kellnerinnen, mit denen er wie eine Billardkugel kurz zusammenstößt, um sofort wieder von ihnen abzuprallen und in einem ganz anderen Winkel der Stadt zu landen. Ich übersetze seine Briefe und verlese sie in der Sendung, mit tiefer Gruselstimme wie Rod Serling (was auf französisch ziemlich knifflig ist). Ich habe Fans; Mädchen rufen mich an und verheißen mir – live über den Sender – Rendezvous, die Rundungen ihrer Körper und so weiter. Auch Männer rufen an, um sich bestimmte Titel zu wünschen, mir von ihren Pilgerfahrten nach Südkalifornien im Jahre 1969 oder 1979 zu

berichten und von den stürmischen Blondinen, die sie dort kennenlernten, *le délire californien* und so weiter.
Heute abend ruft Roksana an, nachdem ich ein Lied für sie gespielt habe. Ganz höflich bedankt sie sich, wir plaudern aber nicht. Ich stelle mir vor, wie sie in Männerunterwäsche am Tisch mit dem Radio und dem Telefon sitzt, einen Berg Fleisch oder eine Wahnsinnsportion von irgendeinem iranischen Dessert ißt und dem Klang meiner Stimme lauscht, die eine ihr unverständliche Sprache spricht. Wenn ich mir dies vorstelle, erfüllen mich Liebe und Verzweiflung. Nach Paris zu gehen schien eine gute Idee, als ich verzweifelt in New York saß, so wie es eine gute Idee schien, nach New York zu gehen, als ich verzweifelt in Dallas saß, aber es hat nicht mal das allerkleinste Wunder bewirkt, und Roksanas gigantisches Herz liegt weiter im Dornröschenschlaf. Nicht einmal mit ihrem Dank kann ich rechnen. »Du hättest etwas von mir verlangen sollen«, hat sie zweimal zu mir gesagt. »Ich hätte bezahlt.«
Nachdem sie eingehängt hat, lege ich »Sister Ray« auf, weil der Song 17 Minuten lang ist, gehe auf die Straße vor dem Studio und rauche hintereinander drei Zigaretten. Um diese Zeit ist sonst niemand in dem kleinen Studio, und die Vorstellung, daß sich die Nadel immer näher auf die Leere am Ende der letzten Plattenrille zuschiebt, ohne daß ich da bin, um zum nächsten Stück überzublenden, gibt mir einen Kick und verdrängt alle anderen Gedanken in meinem Kopf. Und dann, wenn die Spannung nicht mehr auszuhalten ist, werfe ich die dritte Zigarette weg und renne zurück ins Studio, in wilder, übermütiger Hast wie jemand, der die Milch auf dem Herd überkochen hört. Ich mache dieses Spielchen ziemlich oft. Mal schaffe ich es, mal entsteht eine schreckliche Pause.
Um Mitternacht kommt Jean-Marc, le Jazz-Maniac, zu seiner Schicht ins Studio. Dann bin ich draußen, meine Schritte hallen durch die Straße zur Métro und klappern laut zum

leeren Bahnsteig hinunter. Auf ein Plakat für einen neuen amerikanischen Film hat jemand unten etwas hingekritzelt, einen langen, schräg abfallenden Satz auf farsi, gefolgt von drei winzigen Ausrufezeichen, und auf mich wirkt das Gekrakel wie die Notation einer schwierigen Musikstelle, eines Decrescendos. Ich erwische den vorletzten Zug nach Hause und bleibe die ganze langsame Fahrt allein im Neonlicht. Sämtliche Reklametafeln, Warnschilder und jedes verdammte Wort Französisch zwischen den Stationen Europe und Père-Lachaise habe ich schon zigmal gelesen, und das alles nun wieder zu lesen, macht mich nervös und ungeduldig. Ich habe es eilig, weil es spät ist und wir noch für unseren Ausflug in die Bretagne morgen packen müssen. Und als ich nach Hause komme, liegt Roksana mit weit aufgerissenen Augen auf dem Sofa; die beiden Koffer auf dem Boden des Wohnzimmers sind leer.
»Roksana«, sage ich. »In der Metro hab ich wieder persische Graffiti gesehen.«
»Ich war's nicht«, sagt sie.
»Komm schon, laß uns reden. Erzähl mir mehr über den Iran.«
Wir sind fertig mit Packen, sitzen auf dem Sofa, und ich ziehe ihren großen Kopf auf meinen Schoß; dort halte ich ihn. Ihr Haar fühlt sich immer kalt an. Das rosa Licht im Wohnzimmer, das schwach durch den dicken Schirm der einzigen Lampe fällt, macht uns ohnehin meist schläfrig, und jetzt ist es drei Uhr morgens; Roksana nickt ein, ihre Wimpern zucken. Gelegentlich bewegt sie sich leicht und bemüht sich, ihr Haar aus meinen Fingern zu lösen, die es verzwirbeln. Ihr Nacken versteift sich, und an meinem Schenkel spüre ich die Festigkeit ihrer Rückenmuskeln. Jetzt, als ich auf den Iran zu sprechen komme, springt sie auf und setzt sich ans andere Ende des Sofas – schwarze Augen, ganz sachlich. Mein Schoß ist kalt.

»Was ist mit dem Iran?« sagt sie. »Vergiß es.«
»Nein, bitte.« Eigentlich möchte ich auch nicht über den Iran reden. Wir haben uns schon tausendmal darüber unterhalten, aber worüber sollen wir sonst reden? Über das, was jemand auf ein Plakat in der Metro schreibt. »Was weiß ich. Über den Schah. Den Ajatollah.«
»Sag mir, was du von ihnen hältst«, kann sie gerade noch sagen, ehe sie gähnt, und da sehe ich wieder die drei Goldzähne, die ich ihr gekauft habe. Ich hatte gehört, Zahnweh könnte eine tiefe moralische Traurigkeit hervorrufen.
»Hm, soweit ich das beurteilen kann, war der Schah ein Arschloch. Man hat ihn vertrieben, aber er starb dann sowieso. Dann kam der Ajatollah, und der ist auch ein Arschloch. Und dann rannte ein Haufen verschwitzter Typen rum, die warfen mit Coladosen und verbrannten amerikanische Fahnen.«
»Genau«, sagt sie. Sie steht auf, ich sehe, wie sich ihr schwarzes Strickkleid an den Hüften zusammenschiebt und dann herunterfällt, kurzer Blick auf gelbe Boxershorts. »Ich gehe ins Bett. Gute Nacht.«
Vieles liegt zwischen mir und Roksana, nicht zuletzt die iranische Nation. Wenn man auf eine Landkarte schaut, bin ich das Kaspische Meer und sie der Persische Golf. Einst lag wohl das ganze Gebiet unter Wasser.

Roksana stemmt unsere Koffer aus dem Zug, und hinter Hervé Heugel treten wir auf den Bahnsteig in Le Pouliguen, und dort warten wir auf seine Mutter oder seinen Vater, auf wen genau, weiß ich nicht, um zum Heugelschen Landgut – Hervé nennt es *château* – gefahren zu werden. Ich kenne Hervé ungefähr seit einem Monat. Er wohnt in Paris nicht weit von uns und trinkt seinen Frühstückskaffee gleich um die Ecke, im Voltaire; eines Tages fielen ihm dort mein Akzent und mein Velvet-Underground-T-Shirt auf, und nach-

dem ich ihm ein Croissant spendiert hatte, wurde er mein Freund. Obwohl er ein bißchen intellektuell und ernst wirkt – breite Stirn, spitzes Kinn, randlose Brille und Bürstenschnitt –, hat er in Wirklichkeit nur die üblichen und keine intellektuellen Interessen. Er lacht gern laut und flucht gern auf englisch – womit sich sein Englisch allerdings auch erschöpft. Er und Roksana mögen sich nicht sonderlich, obwohl das keiner von beiden je zugeben würde. Sie können sowieso kaum miteinander reden. Hervé ist arrogant, dickfellig, und oft merke ich, daß ich ihm auf die Nerven gehe, aber er weiß alles über die Hinterhofbands der späten Sechziger und kennt sich in der Stadt aus, und wenn er mich manchmal auf dem Rücksitz seines Motorrollers durch Paris fährt, flattert mir sein dünner Schal ins Gesicht. Ich glaube, falls ich jemand wie Hervé in Amerika kennenlernte, würde ich mich nicht mit ihm anfreunden, aber Menschen wie ihn gibt es in Amerika nicht. Außerdem ist eine Freundschaft in einer fremden Sprache sowieso etwas anderes; ein ausländischer Freund muß nicht verstehen, was man empfindet, und das erwarte ich auch nicht. Es genügt, wenn er versteht, was man gerade gesagt hat.
Wir können jetzt das Meer riechen, und ich schaue mich erwartungsvoll um, sehe kleine Autos, sich umarmende Familien, einen uralten Süßwarenautomaten, der neben der Herrentoilette vor sich hin rostet, und die niedrigen braunen Häuser und das Gestrüpp rund um den Bahnhof.
»Da ist sie«, sagt Hervé. Er schiebt sich die strenge kleine Brille auf der Nase hoch, läßt seine Adidas-Tasche fallen. Als seine Mutter bei uns ist, nimmt er sie in die Arme, bekommt auf beide Wangen einen Schmatz und stellt uns dann vor. Seine Mutter ist klein, hat ein leicht faltiges, aber feingeschnittenes Gesicht und bewegungsloses Haar.
»Ah, die kleinen Amerikaner«, sagt sie unsicher. »Briong.«
»Brian. Brian Blumenthal«, korrigiert Hervé sie mit leidlich guter Aussprache. »Und ... Roksana ... Khairzada.«

»Briong«, sagt Madame Heugel und ergreift meine Hand, auf ihrem Gesicht ist ein mehrdeutiger Ausdruck – ein finsteres Lächeln oder höflich-höhnisches Grinsen. Vielleicht spiegelt sich in dem Gesicht auch nur das Unbehagen über unsere Namen, unsere Anwesenheit, über meine Frau und den eigenen Sohn, den sie, wie ich weiß, für faul und verschlagen hält, und der für ihren Geschmack zuviel mit Amerikanern zusammen ist – vor allem mit amerikanischen Mädchen.

Sie fragt ihren Sohn, ob wir Französisch sprechen; ich antworte für uns beide. »Ich schon, meine Frau zu ihrem Bedauern leider nicht.« Dann nimmt Hervé den Arm seiner Mutter, sie marschieren los, unterhalten sich auf französisch, und wir folgen.

»Sie kann mich nicht ausstehen«, sagt Roksana leise.

»Aber nein. Wie kommst du darauf?«

»Schon gut, ist mir egal. Dann kann sie mich eben nicht ausstehen.«

Ich versuche, sie an mich zu ziehen, und als ich gerade wieder jene unbeholfenen drei Worte sagen will, bleibt sie jäh stehen.

»Schau mal«, sagt sie.

Hinter dem zerkratzten Fenster des Süßwarenautomaten liegt ein Schokoriegel mit einem englischen Markennamen: Big Nuts. Roksana lacht. Ich kaufe einen und stecke ihn in die Tasche, und als wir zu dem Renault der Heugels kommen, lächle ich immer noch.

»Oh, was für schöne Zähne«, sagt Madame Heugel.

»Ja, die sind so – amerikanische Zähne«, sagt Hervé.

Wir essen im Freien an einer langen Tafel, und zu Mittag gibt's einen Berg gedünsteter Shrimps, einen dicken Bund frischen Spargel, Cidre und Brot. Hervés Vater, der wie Hervé aussieht – schmächtig, mit langem Kopf und spitzer

Nase – erzählt uns auf französisch von seiner Reise 1968 nach New York. Ich amüsiere mich über seine Schilderung eines Mißgeschicks in »les Bronx«, und alles läuft gut, bis ich bemerke, daß sich nur auf meinem Teller ein Haufen Schwänze, Schalen, rosa Fasern und Garnelenköpfe auftürmt; Hervé und seine Eltern essen die Shrimps ganz, mitsamt den Schalen. Roksana ißt keine Shrimps.
»Keiner hat mir gesagt, durch was für eine Gegend ich gehen muß, um zum Cloisters-Museum zu kommen«, sagt Monsieur Heugel, dem das Wort »Cloisters« Schwierigkeiten bereitet. Er hat am Morgen fünf kleine Wildenten geschossen und scheint bester Laune zu sein; ich habe den braunen und schillernd grünen Vogelhaufen auf dem Küchentisch gesehen. »Harlem! Stellen Sie sich das mal vor! Lauter Schwarze! Aber hat mich das gestört?«
»Ja«, sagt Hervé.
»Nein, keine Spur. Ich bin mitten durch marschiert. Auf dem Heimweg hatte ich Appetit, da bin ich in so einen Coffee Shop gegangen und habe mir ein Sandwich gekauft, ich habe mich einfach auf den Randstein gesetzt und es gegessen – mitten in Harlem. Niemand hat mich belästigt.« Er lächelt seine Frau an, die diese Geschichte wahrscheinlich immer zu hören bekommt, wenn die Heugels einen Amerikaner bewirten, und sie lächelt und greift nach seinem Ärmel, um ihn aus der Butterschale zu ziehen. »Ich habe nämlich wirklich nichts gegen Schwarze.«
»Seit wann?« Hervé dreht sich zu mir um. »Er ist voller Vorurteile gegen Schwarze. Gegen Schwarze und Araber.«
Sofort legt er sich verlegen die Hand auf den Mund, wir drehen uns alle zu Roksana um und starren sie an – auch ich, wofür ich mich schäme –, die keine Ahnung hat, was gesagt wurde, und gelassen weiter Spargel und Brot ißt, den Blick auf den Teller gerichtet. Während Monsieur Heugel beteuert, daß er etliche Araber kenne, die höchst ehrenwerte Men-

schen und, wie man sagen müsse, äußerst tüchtige Geschäftsleute seien, und Hervé verächtlich schnaubt und mit beiden Händen Shrimps in sich hineinschaufelt, schiebe ich meinen Stuhl zurück.

Unsere Tafel ist auf dem grasbedeckten *clos* zwischen zwei der zum Anwesen gehörenden Gebäude aufgeschlagen. Zu meiner Rechten steht ein mit Efeu überwuchertes Steinhaus mit einem Türmchen, fünf Schornsteinen und einem wunderschönen Dachgesims – das Haus von Hervés Familie; zu meiner Linken, auf der anderen Seite des Rasens, liegt eines der größeren Nebengebäude, eine braune Scheuer, die zu einem Gästehaus umgebaut wurde. Rings um unseren Tisch sind Bienen, Schmetterlinge und riesige Eichen, in der Luft liegt ein leichter Geruch nach Mist und Salz, und mir gegenüber, in der Ferne hinter Monsieur Heugel, liegt die von Segelbooten wimmelnde Bucht. Ich beobachte Roksana beim Kauen – verschlossen, finster, stumm, unerschütterlich – und denke: Ich bin ein Trottel.

»Ah, der kleine Amerikaner«, sagte Madame Heugel und deutet vornehm mit der Gabel auf meinen Teller. »Er mag die Köpfe nicht essen!«

Sie lachen, und Roksana blickt auf.

»In Amerika«, erkläre ich, »bringt es Unglück, die Köpfe mitzuessen.« Ich schiebe mir noch einen mit Butter geschmälzten Spargel in den Mund. Die Heugels werfen noch eine Reihe schneller Blicke auf meine erstaunt dreinschauende Frau.

»Monsieur Heugel«, frage ich, »seit wie vielen Jahrhunderten ist dieses Gut im Besitz Ihrer Familie?«

»Hervés Großvater hat das Gut 1948 erworben«, sagt Madame Heugel.

Diesmal lachen alle viel lauter. Roksana blickt wieder auf, mit ausdruckslosem Gesicht und mahlendem Kiefer, und zum ersten Mal verspüre ich einen Moment lang Lust, sie zu schlagen.

Ich entschuldige mich und lasse Roksana am Tisch zurück, wo sie wie ein Schwarzes Loch die Freude und Unterhaltung der anderen in sich aufsaugen kann. Ich hasse sie alle.
Oben sitze ich in der Wanne und halte mir ein paar Minuten die Brause über den Kopf, um die Zugfahrt und das merkwürdige Tischgespräch abzuwaschen, das ich vielleicht doch mißverstanden habe. Dann gehe ich ins Schlafzimmer zurück, in dem uns die Heugels untergebracht haben und das nach Zedernholz riecht. Mit einem Handtuch über dem Kopf trete ich an eines der rautenförmigen Fenster und sehe nach draußen auf den Hof, wo der Tisch immer noch mit den Resten des Mittagessens übersät ist und Hervé und sein Vater aus kleinen Gläsern Calvados trinken. Roksana und Hervés Mutter sind verschwunden, vielleicht ins Haus, und in meinem Kopf taucht so eine flüchtige, blödsinnige Wunschvorstellung auf, daß die beiden gemeinsam, in stillem, harmonischem Einvernehmen, den Abwasch erledigen. Als ich aus meinem Koffer das neue Hemd hole, weiß mit korallenroten Streifen, das ich in einem Discountladen an der Rue du Commerce gekauft habe, weil Hervé versprochen hat, uns in einen bretonischen Klub mitzunehmen, in dem mein Akzent die Frauen zum Ausrasten bringen würde, ist das Hemd verknittert und am Kragen überall mit ausgelaufenem Rasierschaum bekleckert. Ich setze mich aufs Bett, starre lange Zeit auf den hellblauen Schaumfleck und versuche mich an das französische Wort für Bügeleisen zu erinnern.
Die Treppe knarrt. In der Tür taucht ganz kurz Roksanas Gesicht auf, und ich denke, sie kommt ins Schlafzimmer. Ich werfe das ruinierte Hemd beiseite, aber sie dreht sich um, und ich höre, wie sie die knarrende Treppe wieder nach unten gehen will. Ich schließe die Augen. »Roksana.«
Tellergeklapper in der Küche, draußen Gelächter.
»Ich muß allein sein.«

»Bitte komm her.«
Als ich die Augen öffne, steht sie wieder in der Tür. Diesmal sehe ich die Wut auf ihrem Gesicht, und noch bevor die Worte über ihre Lippen kommen, weiß ich in einer Aufwallung bizarren Glücks, daß wir uns streiten werden, nach eineinhalb Ehejahren, die so leer und still waren wie ein Kino nach der Vorstellung.
»Ich will hier weg«, sagt sie, tritt ins Zimmer und schlägt die Tür hinter sich zu. »Ich bin hier unerwünscht. Bleib du. Dich mögen sie.«
»Wie erwünscht du bist, liegt ganz bei dir.«
»Nein. Scheiße. Sie haben gelacht. Sie haben über mich gelacht. Das habe ich gemerkt. Du hast über mich gelacht, du Dreckskerl.«
»Miststück.«
Ich sitze noch immer, und jetzt kommt Roksana so dicht auf mich zu, daß sie mir mit den Spitzen ihrer schwarzen Schuhe kräftig auf die Zehen tritt. Sie wirft einen Schatten auf mich.
»Bitte. Laß das«, sage ich.
»Ich weiß nicht, was ich hier soll.«
»Du bist hier, weil heute der 14. Juli ist. Du bist hier, um dich zu amüsieren. Autsch! Kannst du dich denn nie amüsieren?«
Roksana schaut auf mich herab, der Blick ihrer schwarzen Augen ist vollkommen ungerührt, und sie sagt, nichts auf der Welt hasse sie so sehr, wie sich zu amüsieren, und mir wird klar, daß ich sie mißverstanden habe, als sie sagte, sie wisse nicht, weshalb sie hier sei, weil ich dachte, mit »hier« meine sie nur die Bretagne.
»Du hörst dich an wie Khomeini«, sage ich und versuche, meine eingequetschten Füße unter ihren Schuhen wegzuziehen; irgendwie fühle ich mich gekränkt, als sei ich für uns alle verantwortlich, auch für die Feuerwerke, Festtage und Exzesse der halben Menschheit. Ich schaffe es, meine Füße

zu befreien, aber jetzt packt sie meine Ohren und zieht, daß es weh tut.

»Was weißt du schon von Khomeini? Was weißt du von mir? Ich bin nicht amüsant. Glaubst du, es war amüsant, aus dem Iran zu fliehen? Meine Mutter im Stich zu lassen? Meine Familienangehörigen?«

»Tut mir leid«, sage ich und bin immer noch verärgert. »Schön. Dann geh doch. Geh zurück. Ein Wort von mir zu den Herren von der Einwanderungsbehörde genügt, und du kannst sofort ins Land der Ernsthaftigkeit zurück.«

»Das machst du nie.«

»Vielleicht doch«, sage ich und denke mir, na ja, ich könnte, wenn ich wollte. Aber ich ertrage es nicht, wie sie erschrocken und dickköpfig die Augen zusammengekniffen hat, wie es in dem Zimmer und in der Luft zwischen uns nach mieser Erpressung riecht. Ich sehe nach unten, und mein Blick fällt auf das Blau an meinem Hemdkragen. »Du hast gesagt, ich hätte etwas von dir verlangen sollen. Jetzt verlange ich etwas von dir.«

Von unten ist kein menschlicher Laut zu hören, was wohl bedeutet, daß die Heugels unseren lauten ausländischen Stimmen zugehört haben. Roksana setzt sich neben mich und streichelt mir nun sanft über die Schläfen. Sie läßt die Schultern hängen, und ihre kleinen rosa Ohrringe schwingen hin und her wie die Klöppel zweier unsichtbarer Glocken.

»Was ist das heute überhaupt für ein Tag?«

»Ein Feiertag – wie in Amerika der 4. Juli.«

»Bier und Radau.« Meine Frau, der Ajatollah der Liebe, denkt an den 4. Juli letztes Jahr in Texas und zieht die Stirn kraus, worauf sich nichts erwidern läßt. Für uns gab es dieses Jahr keinen 4. Juli. Am 5. wachte ich auf, hatte ein schlechtes Gewissen und ein komisches Gefühl, weil ich es vergessen hatte, und ging allein in den Burger King auf den Champs-Élysées.

»Tut mir leid, Brian Blumenthal«, sagt sie schließlich. »Ich kann es nicht.«

Das Abendessen, angefangen beim Geplauder und den Aperitifs, übers Servieren, noch mehr Drinks und noch mehr Geplauder bis zum eigentlichen Essen, vom Dessert mit fünf Sorten Käse bis zu dem Moment, als wir erschöpft die Servietten sinken ließen und noch ein bißchen weitertranken, nahm fünf Stunden in Anspruch, und jetzt schlendere ich, vom Essen noch halb betäubt, mit Hervé und seinen Eltern über die Anhöhen von Kerguen, einem auf den Klippen gelegenen Dorf, in dem wir uns das Feuerwerk ansehen wollen. Roksana ist nicht mitgegangen. Das letzte orangefarbene Tageslicht strömt über die Häuser und die Gesichter der Heugels, und in der Kühle verdichten sich die Mücken- und Glühwürmchenschwärme und die Gerüche der nahen Bauernhöfe. Ich habe zuviel Cognac getrunken, zu wenig vom Gespräch verstanden, und während um uns die Nacht hereinbricht, komme ich mir taub und blind vor. Nur meine Nase funktioniert noch und riecht gemähte Wiesen, Vieh, Ebbe.

Die Leute aus dem Dorf sind alle im Freien, spazieren von der *place* zu den Klippen und wieder zurück, schütteln Hände, warten auf den Anfang des Feuerwerks; Kinder und vorsichtige Väter überbrücken die Wartezeit mit bengalischen Zündhölzern, lauten Knallfröschen und Heulern, Gelächter, genau wie in den Vereinigten Staaten. Doch es gibt da einen Unterschied, der mir unter Franzosen immer auffällt, ein Mangel an Begeisterung – nicht direkt Langeweile, eher ein Anflug von Alter –, eine tief sitzende Gewohnheit, sogar unter den Kindern, als ob sich diese selben 500 Leute schon seit Urzeiten hier versammelten und miteinander redeten. Zum Tanzen hat man eine Bühne aufgeschlagen, die leer und hell erleuchtet an einer Seite der *place* steht, umgeben von Lautsprechern und Trikoloren.

Wir hören den ersten achtunggebietenden Knall von der anderen Seite der Bucht und heben den Blick. Das Feuerwerk ist ein Feuerwerk; es stiebt auseinander, glitzert und rührt mich wie jedes Feuerwerk in jedem Juli, an den ich mich erinnere, und über unsere Köpfe hinweg schweben zurückbleibende Rauchkraken. Während des Beifalls und der Ahs und Ohs nach dem langen Finale faßt Hervé mich am Arm und zieht mich ein Stück weiter zu den Klippen, wo wir Steine nach unten ins Wasser kicken, und dann überrascht er mich mit der Frage, ob etwas nicht in Ordnung sei. Ich suche nach den richtigen französischen Worten; ich erzähle ihm von dem ganzen nutzlosen Gold in Roksanas nach unten gezogenen Mund.

Hervé sagt: »Oh la la«, dabei hatte ich immer gedacht, Franzosen sagten das eigentlich nie; in einer stets melancholischen Sprache ist dies die melancholischste Redewendung, die ich je gehört habe, und ich fange an zu weinen.

Und dann sagt er: »Warum hast du sie geheiratet?«, obwohl er die praktischen und bürokratischen Gründe dafür bereits kennt.

Wir gehen ein Stück weiter und bleiben auf dem letzten Meter Kerguens hoch über dem Wasser stehen. »Sie ist nicht hübsch. *Elle a une drôle de tête*. Außerdem ist sie so trübsinnig, das muß man wirklich sagen. Nein, vielleicht ist es ganz gut, daß du sie geheiratet hast. Das verstehe ich. Aber es ist eine Abmachung. Nicht? Und sie begreift das. Du bist es, der die Sache verpfuscht.«

Ein paar verspätete Knallfrösche sind zu hören, dann ein lautes *Kawumm*, dann Gelächter.

»Manchmal«, sagt er, »ärgert es mich, mit ansehen zu müssen, wie man dich lächerlich macht.«

»Danke«, sage ich,

»Aber dann fällt mir ein, daß du ja Amerikaner bist.«

Unten auf der *place* fängt die Musik an, und bevor ich etwas sagen kann, geht Hervé langsam vom Klippenrand zurück und blickt auf das Dorf runter. Ich stelle mich neben ihn,

und wir sehen zu, wie dort unten zu einem französischen Song getanzt wird, der sich anhört wie aus den Fünfzigern, eine Ballade über ein Mädchen namens Aline. Die Teenager drücken ihre Partner an sich und wippen kaum merklich von einem Fuß auf den anderen.
»Ah, *le slow*«, sagt Hervé und bindet sich die Ärmel seines Pullovers fester um den Hals. »Das ist ein uralter Song. Löst Nostalgie in mir aus, diese Musik.«
»In mir auch«, sage ich.
»Tanzt du mit deiner Frau?«
»Ich könnte die Arme nie ganz um sie legen«, sage ich.
Wir lachen. Ich schniefe, putze mir die Nase und will ihn gerade um Rat bitten, um den gelassenen, nüchternen Rat eines achselzuckenden Franzosen, der mir den Mut verleihen wird, meine Frau freizugeben, doch in dem Moment dreht sich der Wind und trägt die schrägen Saxophonklänge nach Osten fort. Ohne die Musik, in der plötzlichen Stille, geht mir auf, daß Hervé bereits gesagt hat, was zu tun ist, und daß ich den von meinem ganzen heillosen Volk eingeschlagenen Irrweg bis zu Ende gehen muß.

Homerun

Es war ein frostiger Maimorgen am Ende eines anormalen Kälteeinbruchs, der alle Osterglocken auf den Rasen der Kirchen von Pittsburgh erfrieren ließ. Matt Magee saß auf dem Fahrersitz seines alten roten Metropolitan und kämpfte mit den Umschlagmanschetten seines Sonntagshemds. Es war ein bedächtiger und ruhiger Kampf. Die Aussicht auf den Trauergottesdienst für Drinkwater behagte ihm nicht, und er hatte es nicht eilig, in die Kirche zu gehen. Auf dem Parkplatz von St. Stephen's saß er nun schon zehn Minuten in seinem Auto, trödelte herum, hörte Radio und rieb sich liebevoll die linke Schulter, während er gleichzeitig das Eintreffen der anderen Trauergäste und der Medien beobachtete. Magee war nicht mehr der Jüngste, und er hatte den Eindruck, schon auf vielen Beerdigungen gewesen zu sein.

An dem Abend, als Eli Drinkwater seinen Fleetwood auf der Mt. Nebo Road zu Schrott fuhr, war Magee ins Reserveteam nach Buffalo versetzt worden, nachdem er im zweiten Inning einem guten rechtshändigen Schlagmann einen Fastball serviert und so sein drittes Spiel hintereinander verloren hatte; alle Bases waren besetzt gewesen, und er hatte noch keinen Schlagmann ausmachen können: Den ersten beiden hatte er einen Walk ermöglicht, den dritten hatte er am Ellbogen getroffen, und dann war ihm der mißglückte Fastball unterlaufen, nachdem er Drinkwaters Zeichen ignoriert und sich gegen den geforderten Slider entschieden hatte, aus Angst, dem Gegner mit einem weiteren Walk einen Punkt zu schenken.

Eli Drinkwater war ein versierter Fänger, ein gefürchteter Schlagmann und ein umgänglicher, warmherziger Mensch gewesen, aber als Magee abbaute, verkam ihre Freundschaft zu einem gelegentlichen Bier in der Post Tavern und knappen Worten der Scham und des Bedauerns. Der kleine Coleman Drinkwater war Magees Patensohn, aber er hatte den Jungen seit fast vier Jahren nicht mehr gesehen. Weil nicht zu vermeiden war, daß er auf der Beerdigung Drinkwaters Witwe und Sohn sowie die ehemaligen Mannschaftskameraden treffen würde, blieb er, über das Lenkrad gebeugt, in einer leeren Ecke des Parkplatzes vor der Kirche, in seinem Auto sitzen und krempelte seine Manschetten hoch und runter, während sich der Wagen mit den diversen Ausdünstungen seines Körpers füllte. Seit elfeinhalb Stunden trank er nun schon an einem Liter Teacher's. Er legte es nicht darauf an, sich vollaufen zu lassen oder die Schande seines sportlichen Abstiegs und die Trauer über Drinkwaters Tod im Whiskey zu ertränken, sondern wollte sich sorgfältig und systematisch vergiften. Nicht nur von Drinkwater hatte er sich im Lauf der letzten Jahre entfernt, sondern anscheinend auch von sich selbst: Sein Ich war zerstoben wie ein Atemwölkchen. Seine beste Saison lag fünf Jahre zurück, und sein Stern war am Untergehen.

Schließlich wurde es Magee zu kalt. Er steckte die Manschettenknöpfe aus rosa Turmalin in die Knopflöcher, schaltete das Radio aus und stieg aus dem Wagen. Er war fast eins fünfundneunzig, und andere Menschen beobachteten stets mit beträchtlichem Vergnügen, wie er sich aus dem winzigen Metropolitan schälte. Vertragsgemäß hatte er nach der Scheidung von seiner Frau Elaine das Auto bekommen, obwohl es vorher ihr gehört hatte. Den Rest hatte Elaine bekommen. Wegen einer unglücklichen Investition in eine Kette von Pleiteunternehmen – mit Fischlokalen kombinierte Waschsalons im Baseball-Dekor – bestand dieser Rest aus nicht einmal einundsiebzigtausend Dollar, einem riesigen Wohnwagen mit einer Schüssel auf dem Dach und einer

Whirlpool-Badewanne sowie einem fünfjährigen Shar-Pei mit Kolitis. Magee holte sein dezentes anthrazitfarbenes Anzugjackett von der winzigen Rückbank des Metropolitan und band sich langsam die Krawatte um. Die Krawatte war mit weißen Uhren gemustert, und der Anzug in hellerem Grau gesprenkelt. Im Frühjahr war ihm auf dem Flug nach Florida sein Mantel – ein echter Hart Schaffner & Marx – abhanden gekommen, und er hatte gehofft, keinen mehr zu brauchen. Bevor Magee die Autotür zuschlug, hielt er einen Augenblick inne und betrachtete seine beiden kleinen Koffer auf dem Beifahrersitz; er malte sich aus, wie es wäre, mit ihnen zu tausend anderen Reisezielen zu fahren, irgendwohin, nur nicht nach Buffalo im Staat New York. Dann warf er im Fenster einen prüfenden Blick auf seine Haare, drückte sie an zwei Stellen glatt und ging über den Parkplatz auf die schöne Steinkirche zu.

Es war warm in St. Stephen's, und in der Luft hing ein leichter Geruch nach Wollsachen, Weißen Narzissen und alter Möbelpolitur. Magee wählte einen Platz hinter der letzten Bankreihe, an der Wand auf der gegenüberliegenden Seite zwischen einigen Journalisten, die er gut genug kannte, um zu hoffen, daß es ihnen nicht peinlich war, ihm zu begegnen. Die Vorbereitungen für den Trauergottesdienst waren ohne großes Tamtam getroffen worden, und obwohl die Kirche bis zur letzten Bankreihe voll war, hatte Magee doch mehr Leute erwartet. Der Geistliche, ein gutaussehender alter Mann in einer golddurchwirkten Kasel, murmelte etwas über die Köpfe der Familie und der Mannschaftskameraden von Drinkwater hinweg. Gegen Ende der Woche sollte ein Gedenkgottesdienst stattfinden, zu dem die Leute bestimmt in Scharen strömen würden. Bis dahin würden die Nachrufe in den Zeitungen über den Schock und die rührsamen Anekdoten hinausgekommen sein und zwei und zwei zusammenzählen, und die Leute würden merken, was sie verloren hatten. Drinkwater hatte in den letzten beiden Jahren die Homerun-Liste der Liga angeführt, und sein On-Base-Durchschnitt während dieser Zeit lag bei 41,5 Prozent. Auf sein Konto gingen dreimal so viele Walks wie Strikeouts, und letztes Jahr hatte er mehr Bases gestohlen als je ein Fänger vor ihm – was allerdings kein besonderes Kunststück gewesen war. Der Anteil der Siege an allen Spielen, in denen er als Fänger gespielt hatte – in Magees Augen die wichtigste statistische Angabe überhaupt –, lag bei fast 60 Prozent; hätte Drinkwater nicht bei den meisten der ungefähr fünfzig Spiele, die Magee in dieser Zeit verloren hatte, Fänger spielen müssen, wäre der Prozentsatz sogar noch besser gewesen. O ja, Drinkwater war wirklich in der Blüte seiner Jahre dahingerafft worden. Und genau das würden die Zahlen beweisen.

»Zu schade, daß es statt ihm nicht dich erwischt hat«, sagte eine rauhe Frauenstimme an seinem Ohr. Er drehte sich um, erschreckt, das Echo des eigenen Gedankens zu hören. Es war Beryl Zmuda, in einem Pelzmantel, und sie machte auf ihre rauhe Art nur Spaß. Beryl war Sportreporterin der Morgenzeitung von Erie, und sie kannte Magee schon seit der Zeit, als er in dieser Stadt mit dem Team der Cardinals groß rausgekommen war. Mit einem lobenden Artikel von Beryl nach dem erstem Zu-Null-Sieg des Jungprofis Magee hatte vor elf Jahren sein Aufstieg begonnen. In diesem Spiel hatte Magee neun Schlagleute hintereinander vom Feld geschickt, den letzten hatte er sogar selbst aus gemacht, indem er einen die Linie entlang geschlagenen Ball mit bloßen Händen abgefangen hatte. Niemand war über das, was aus Magees Karriere geworden war, mehr enttäuscht als Beryl Zmuda.

»He, Ber«, sagte Magee flüsternd. »Wann werde ich zu deinem Begräbnis eingeladen?«

»Das war schon letztes Jahr. Du hast es verpaßt.« Sie bemühte sich gar nicht erst zu flüstern. Sie trug einen moosgrünen Hut mit einer Reiherfeder, den er schon oft gesehen hatte. »Du siehst furchtbar aus. Aber du hast wie immer einen hübschen Anzug an.«

»Danke.«

Sie gaben einander die Hand, und dann beugte sich Magee leicht vor, um sie zu küssen. Sie schniefte und hielt ihm das Gesicht hin, um sich küssen zu lassen. Ihre spitze Nase war vor Kälte noch rot, und er spürte, daß ihre Wangen ein wenig feucht waren. Der Zobelmantel fühlte sich herrlich an und roch nach warmem Pelz und Quelques Fleur, und Magee mußte sich zwingen, sie loszulassen. Während der Zweitligasaison 1979 hatten sie zwei Monate miteinander geschlafen, und Magee empfand ihr gegenüber immer noch liebevolle Verehrung. Ihr Onkel war während des Kriegs Werfer bei den St. Louis Browns gewesen; sie verstand etwas von Baseball, vor allem von Werfern, und hatte eine flotte Schreibe. Wegen ihres Namens hatte sie eine Vorliebe für die Farbe Grün; unter dem Mantel trug sie als Trauerkleidung ein abgetragenes Gabardinekostüm in einem düsteren winterlichen Meergrün.

»So ein Jammer«, sagte er und wischte sich über die Augen. Magee hatte eine Schwäche für weinende Frauen, und wenn er getrunken hatte, kamen ihm leicht die Tränen.

»Er hat einen phantastischen April gehabt«, sagte Beryl. Ihr Pittsburgh-Akzent klang dumpf und plump. Sie war fünfzehn Jahre älter als Magee, und langsam merkte man es ihr an. Ihr Haar, blond wie ein Eschenholzschläger, war jetzt nur noch ein Produkt der Chemie, und ihr Gesicht, papieren und transparent, wirkte irgendwie abgehärmt. Aber sie hatte immer noch schöne Beine und die Apfelwaden einer jungen Pittsburgherin. Sie war auf den steilen Treppen des Mt. Washington groß geworden.

»Stimmt«, sagte Magee. »Drei einunddreißig mit sieben Homeruns und insgesamt achtzehn Punkten.«

»Und was ist mit dir?« Sie musterte ihn von oben bis unten, als käme er gerade aus dem Krankenhaus. »Wie geht's deinem Arm?«

Er zuckte mit den Schultern; der Arm war in Ordnung. Magee hatte Probleme mit der Wurftechnik. Er machte immer mehr Fehler, war unbeherrscht wie ein außer Kontrolle geratener Feuerwehrschlauch. Obwohl er sich auf dem Wurfmal immer noch fühlte wie seit seinem vierzehnten Lebensjahr – aufgedreht, gereizt und im Kopf ganz klar –, hatte sich bei ihm irgendein unsichtbarer Teil des Bewegungsablaufs verändert. Die Trainer meinten, daran sei sein rechter Fuß schuld, der in den letzten Jahren anscheinend um eine halbe Schuhgröße gewachsen war. Was auch die Ursache sein mochte, jedenfalls traf Magee das »Wurmloch« nicht mehr, von dem Eli Drinkwater immer gesprochen hatte. Drinkwater hatte diesen Ausdruck aus Dr. Carl Sagans populärwissenschaftlicher Fernsehserie. Ein Ball, der ins Wurmloch flog, verschwand einen Augenblick und tauchte dann irgendwo ganz anders wieder auf, plötzlich genau im Ziel und doch nicht annähernd dort, wo er hätte sein sollen, fast eine halbe Galaxie entfernt, am Rande des Nichts. Magees über mehrere Spielzeiten gehende Unfähigkeit, ins Wurmloch zu treffen, hatte Angst hervorgerufen, und Angst Vorsicht; er hatte einige vernichtend hohe Niederlagen einstecken müssen.

»Der ist in Ordnung«, sagte Magee und rieb sich die linke Schulter. »Ich fahr noch heut nachmittag nach Buffalo. Sobald das hier vorbei ist.« Er nickte in die Richtung, wo vor dem Altar der geschlossene Sarg mit der Leiche Eli Drinkwaters stand. Es war ein kunstvoller schwarzer Sarg, dessen Größe, Verarbeitung und Zierleisten an die wuchtigen amerikanischen Autos erinnerte, die der im Sarg Liegende zu Lebzeiten bevorzugt hatte.

Der Pfarrer war nun mit seinem Teil fertig, und Gamble

Wicklow, der Manager des Pittsburgher Teams, stand auf und ging zur Kanzel. Er war ein wortgewandter Redner und hatte an der Fordham-Universität Jura studiert – sein Gespräch mit Magee wegen dessen Abschiebung nach Buffalo war ein Meisterwerk des väterlich fürsorglichen Bedauerns gewesen –, aber heute wirkte er müde und alt. Magee konnte nicht verstehen, was er sagte. Gamble hatte neben Roxille Drinkwater in der vordersten Bankreihe gesessen, und jetzt war eine Lücke zwischen Roxille und dem kleinen Coleman entstanden. Es tat weh, diese Lücke zu sehen, und Magee wandte den Blick ab.

»Schau dir das an«, sagte Beryl. Sie stellte sich auf Zehenspitzen, um besser sehen zu können.

»Ich kann nicht«, sagte Magee.

»Schau nur, wie Roxille den Sarg anstarrt.«

Die Reporter links und rechts von ihnen, dem Anlaß entsprechend ernst und bedrückt, waren bei alledem von einer unersättlichen Neugier. Mit der Präzision eines aufgescheuchten Starenschwarms wandten sich alle gleichzeitig der trauernden Witwe zu. Tatsächlich lag etwas Merkwürdiges im Gesicht und der Haltung von Roxille Drinkwater. Roxille war eine hübsche Frau, vielleicht ein bißchen mollig. Ihr rostfarbenes Haar war straff zu einem Knoten nach hinten gebunden. Sie trug keinen Schleier, und der Ausdruck in ihren Augen war zornig und vieldeutig, doch Magee glaubte ihn wiederzuerkennen. Ihr Mann war aus ihrem Leben weggeweht worden wie ein leeres Bonbonpapier, wie eine Rauchwolke. Sie fragte sich, wie sie je hatte glauben können, er sei ein Teil der Wirklichkeit. Während Magee sie beobachtete, begann sie auf der Bank ganz leicht nach vorn und hinten zu wippen. Anfangs fiel es kaum auf, doch als Wicklow die Stimme erhob und die Beständigkeit und Zuverlässigkeit ihres verstorbenen Mannes pries und von seiner Ausstrahlung sprach, die das Spiel auch künftig prägen werde,

wippte Roxille immer stärker, und Magee wurde klar, daß er etwas unternehmen mußte.
In einem Flugzeug hatte Magee einmal miterlebt, wie Roxille die Nerven verlor. Es war während eines Nachtflugs gewesen, von New York, wo Drinkwater eine Auszeichnung entgegengenommen hatte, zurück nach Pittsburgh, in einer schlingernden, scheppernden, knarrenden zweimotorigen Propellermaschine. Mit rhythmischen Bewegungen des Oberkörpers hatte Roxille angefangen, vor und zurück zu wippen, und dabei hatte sie in die Dunkelheit draußen vor dem Fenster des Flugzeugs gestarrt. Zuletzt hatte sie geschrien und laut gebetet, und dann hatte sie eine Stewardeß geohrfeigt, die versucht hatte, sie zu beruhigen. Jetzt wechselten die Leute in den Bankreihen rings um Roxille besorgte Blicke. Joey Puppo, der Geschäftsführer, runzelte die Stirn und sah immer wieder zu den Reportern hinüber, die angefangen hatten, zu murmeln und mit der Zunge zu schnalzen. Magee sah ihr an, daß sie – bewußt oder unbewußt – vorhatte, sich auf den glänzenden schwarzen Sargdeckel zu werfen.
»Sie wird's nicht tun«, sagte Beryl in einem Ton, der gerade noch als Flüstern durchging. Für Frauen hatte sie wenig übrig, insbesondere für Spielerfrauen.
»Das ist eine Beerdigung«, sagte ein Sportreporter vom Fernsehen, ein ehemaliger Außenfeldspieler namens Leon Lamartine, der einmal im Wrigley-Stadion einen Slider von Magee – einen hohen, schnellen Ball, der nicht schnell genug war – auf die Waveland Avenue unter einen Rosenbusch geschlagen hatte, was landesweit im Fernsehen übertragen worden war. Sein Ton schien anzudeuten, der Anstand werde Roxille von einem Skandal abhalten, aber auf Beerdigungen sei alles möglich.
»He, hört mal, Jungs«, sagte Magee. »Nicht so laut.« Aber er ließ schon mal die Knöchel knacken und lockerte die Schulterblätter, für alle Fälle.

Gamble Wicklow kam allmählich zum Schluß. Das Kinn war ihm auf die Brust gesunken, und er befahl die dahingegangene Seele von Eli Drinkwater dem Mann, der die Große Mannschaft im Himmel aufstellte. Roxille leckte sich die Lippen. Sie klimperte mit den Augendeckeln. Zögernd streckte sie die Hand nach dem eleganten Sarg aus. Drei Dutzend Kameras und Aufnahmegeräte wurden auf sie gerichtet. Magee setzte sich in Bewegung.
»Wohin gehst du, Matty?« sagte Beryl und wirbelte herum. »Ach Gott, ach Gott.«
»... nun, da Eli Drinkwater, wer wollte es bestreiten, für immer zum Star geworden ist«, führte Gamble Wicklow seine Eloge mit einem traurigen Lächeln zu Ende.
»Ich hab's dir ja gesagt«, erklärte Leon Lamartine und zeigte mit dem Finger.
Magee hatte zu lange gewartet – er hatte sein Gefühl für das richtige Timing unwiderruflich verloren –, und sein zunächst gemessenes Schlendern durch den Mittelgang zur ersten Bankreihe wurde zu einem Wettlauf aus zwei Richtungen, als Gamble von der Kanzel trat. Magee war gezwungen, zu laufen und so zu tun, als gehe er, und er mußte versuchen, den Kopf gesenkt zu halten, um nicht aufzufallen. Die Folge war eine unbeabsichtigte, aber gekonnte Annäherung an den Gang von Groucho Marx. Nur dem Umstand, daß Gamble und der nächste Totenredner am Eingang zum Chor zusammenstießen, hatte Magee es zu verdanken, daß er Gambles Platz auf der Bank einnehmen konnte. Magee legte den linken Arm um Roxille, wie um sie zu trösten, und zerrte sie zurück auf ihren Platz.
»Ganz ruhig«, sagte Magee, so sanft er konnte.
Als Gamble Wicklow sah, daß Magee sich seinen Platz angeeignet hatte, runzelte er die Stirn, winkte kurz und sehr merkwürdig, drehte sich dann um und stapfte, ganz Manager, den Mittelgang entlang. Sein Anzug war aus altem

Tweed und saß schlecht. Im Hauptschiff von St. Stephen's breiteten sich Gemunkel, Unruhe und gedämpftes, düsteres Lachen aus.

»Magee. Ach, Magee. Was zum Teufel soll ich tun?« sagte Roxille leise. Ihre Stimme war fast unhörbar, als sie das Wort »Teufel« aussprach. Ihre Augen waren blutunterlaufen und quicklebendig. Eigentlich ging ihr Blick nicht zu Magee, sondern an ihm vorbei zu ihrem Sohn, der auf Knien auf die Bank geklettert war, um zu sehen, was da hinten bei den Kameras los war. Coleman war zu einem gutaussehenden kleinen Jungen herangewachsen, langgliedrig und so dunkelhäutig wie sein Vater. Er trug die Haare sehr kurz, und der Mode entsprechend war aus den Stoppeln seitlich am Kopf ein Muster ausrasiert; es sah aus wie zwei Augäpfel.

Magee legte die Hand auf Roxilles Unterarm. Sie hatte ein teuer aussehendes schwarzes Strickkleid an, mit einem Kragen aus schwarzer Spitze und auffälligen Keilstücken. Sie roch nach Olivenölseife.

»Ich weiß nicht, Roxie«, sagte er und wurde rot. Er fühlte sich hier in der vordersten Reihe sehr deplaziert und schämte sich, Roxille so lange weder besucht noch mit ihr geredet zu haben, aber er war froh, sie vor einem Auftritt im Fernsehen bewahrt zu haben. »Du kommst schon zurecht.«

Roxille schüttelte sich und holte tief Luft. Sie schloß die wild dreinblickenden Augen und öffnete sie vorsichtig wieder. Der Geistliche war wieder auf der Kanzel, und mit seinem bleichen und enttäuschten Gesicht erreichte er, daß das Gemurmel abebbte. Daraufhin stellte er den nächsten Totenredner vor, einen Mitarbeiter von *Sports Illustrated*. Dieser Mann hatte in Erie bei der gleichen Zeitung angefangen wie Beryl, und das war noch gar nicht so lange her. Er war begabt und hatte es weit gebracht. Beryl haßte ihn auf ihre gutmütige Art, und bei dem Gedanken fragte sich Magee, warum er Eli Drinkwater nicht gehaßt hatte, dessen Stern aufgegangen war, kurz nachdem Magee das Wurmloch aus den Augen verloren hatte. Er schaute auf Drinkwaters Sarg, der jetzt keine zwei Meter mehr von ihm entfernt war. Der Teacher's hatte seine Wirkung verloren, und urplötzlich fühlte er sich unheilbar müde. Es kam ihm in den Sinn, daß man vermutlich einen Witz erzählen konnte, dessen Pointe auf der Wahl zwischen dem Tod und der Strafversetzung nach Buffalo aufbaute. Ihm kam beides nicht sonderlich verlockend vor, aber Buffalo war wohl doch noch etwas besser. Andererseits brauchte Drinkwater wenigstens nicht zu wissen, daß er gestorben war.

Er hatte den vagen Eindruck, daß ihn irgend etwas in seiner Erschöpfung störte, und dann merkte er, daß es Coleman Drinkwater war, der ihn am Ärmel zupfte. Der kleine Junge deutete auf den Sarg mit einem Blick, als sei ihm gesagt worden, diese Kiste werde ein Kunststückchen vorführen.

»Ist mein Daddy da drin?« sagte er mit einer klaren, dünnen, schrecklich normalen Stimme.

Magee und Coleman sahen sich für ein paar lange Sekunden an. Magee, der keine Kinder hatte, suchte nach der richtigen Art Antwort. Er wollte etwas sagen, das gegenüber Coleman fair war und ihm dennoch keine Angst machte. Er wünschte, er wäre klarer im Kopf und nicht so verdammt müde. Er hatte das Gefühl, als warteten alle in der Kirche auf seine Antwort. Er bekam eine feuchte Stirn und machte den Mund auf, sagte aber nichts. Schließlich legte er Coleman hilflos den Arm um die schmächtigen Schultern und wandte sich wieder dem Redner auf der Kanzel zu. Der kleine Junge duldete den Arm seines Paten, und während sich der Trauergottesdienst weiter dahinschleppte, lehnte sich Coleman sogar mit dem Kopf an Magees Brustkorb. Bald schlief er ein.

Nach einer Weile fiel auch Magee, der über dreißig Stunden wach gewesen war, in einen leichten Schlaf. Er hatte seinen üblichen Traum, in dem er wieder ganz der alte war, auf dem

Wurfmal im Stadion Three Rivers stand und rasante Fastballs in sieben Varianten warf. Der Sonnenschein duftete, und das Gras strahlte. Als er ausgeruht aufwachte, war der Trauergottesdienst vorbei und der Sarg schon nach draußen gerollt worden. Beryl stand mit verschränkten Armen vor ihm und sah aus wie damals, als sie ihn gegen Kaution aus dem Gefängnis in Erie geholt hatte. Magee lächelte, rieb sich die Augen und merkte dann, daß Coleman und Roxille gegangen waren. Er drehte sich schnell um und sah gerade noch, wie der kleine Junge von seiner Mutter zum Portal der Kirche gezerrt wurde. Coleman lächelte Magee zu, und der erkannte nun über die leeren Bankreihen hinweg, daß das ausrasierte Muster an der Schläfe des kleinen Jungen nicht zwei Augäpfel darstellte. Es war Eli Drinkwaters Trikotnummer, zweimal die Null.

»Der Arme«, sagte Beryl. »Ich habe gehört, was er dich gefragt hat. Mein Gott. Fast hätte ich losgeheult.«

»Ich weiß«, sagte Magee und kratzte sich am Kinn. Er konnte sich nicht erinnern, was er zur Antwort gegeben hatte oder ob er überhaupt etwas gesagt hatte.

»Also«, sagte sie, setzte sich neben ihn und ergriff seine Wurfhand. Beryl fing an, sie fest und fürsorglich zu massieren. Ihre Handrücken waren gar nicht sehr gealtert, und Magee sah in nostalgischer Stimmung eine Weile zu, wie sie ihn durchknetete. Eine weiche Locke ihres platinblonden Haars streifte über seine Wange. »Also. Was wirst du jetzt tun? Buffalo? Willst du das wirklich mit dir machen lassen?«

»Ich will spielen, Ber. Ich muß meine Technik wieder in den Griff bekommen. Ich glaube, das schaff ich in der zweiten Liga ein bißchen schneller.«

Beryl packte seine Hand fester und sah ihn an. Ihr Gesicht war weder skeptisch noch spöttisch; sie biß sich lediglich auf die Lippe und zog die Nase kraus. Beryls Nase war zwar klein, konnte aber große Traurigkeit zum Ausdruck bringen.

»Magee«, sagte sie. »Matty. Vielleicht ist es falsch, daß ich dich überhaupt auf diesen Gedanken bringe. Ich weiß, wie sehr du dich anstrengst, Matty, aber – was ist, wenn deine Technik ein für allemal weg ist, Schatz?« Es war schön, wie ihr bei diesen Worten die Stimme versagte. »Hast du daran schon mal gedacht?«

Magee entzog ihr seine Wurfhand und ließ ein paarmal die Muskeln spielen. Er sah sie verblüfft an, als sei sie ein neues Modell mit ungewissem Leistungsvermögen. Dann schweifte sein Blick von der Hand nach oben zur Kirchendecke, und er versuchte sich zum letzten Mal zu erinnern, ob er Coleman Drinkwater geantwortet und was er ihm gesagt hatte.

»Ja«, sagte er in den leeren Chor.

Millionäre

Früher teilten Harry und ich alles; ein bei schnellen Freundschaften häufiger Fehler. Wir schwärmten für die gleichen Künstler, Filme und Baseballspieler (besonders für Cornell, »Dialog« und Madlock) und aßen zu allem – selbst zum Frühstück - Unmengen von der vietnamesischen scharfen Soße, die wir bei *Tran's* auf der Murray Avenue kauften. Wir zogen jeder die Sachen des anderen an und vereinigten unsere Plattensammlungen. Wir achteten nicht darauf, wer nun gerade die Miete für unsere Wohnung und die Lebensmittelrechnungen bezahlte, gaben in lockerem, zwanglosem Wechsel das Geld aus, bis wir beide pleite waren. Das einzige, was wir nicht teilen konnten, war – natürlich – weibliche Gesellschaft. Als Harry mit Ruthie Louise Dollar oder Atalanta Chin zu schlafen begann, oder ich mit Evelyn Smrek, gaben wir uns alle Mühe, auf dem Teppich zu bleiben, rissen nervöse Witze über die junge Frau und das Tier mit den drei Rücken, aber bis zum Ende des Verhältnisses lag immer ein Schatten auf unserer Freundschaft.
Dennoch wohnten Harry und ich immer noch zusammen, nachdem zehn, zwölf Freundinnen gekommen und gegangen waren, und über dem Heizkörper im Bad gab es ein besonderes Regal, auf dem wir unsere Trophäen zur Schau stellten: eine Haarspange aus Schildpatt, einen goldenen Davidsstern an einer Kette sowie einen Gipsabdruck der schiefen unteren Zahnreihe von Ruthie Louise, der während ihrer Schulzeit von einem Kieferorthopäden angefertigt worden und irgendwie in Harrys Besitz gelangt war. Wie ich leider zugeben muß, haben wir uns im Gespräch oft damit gebrüstet, daß Frauen unserer Freundschaft erwiesenermaßen

nichts anhaben konnten; für mich behielt ich dabei die womöglich störende Information, daß ich in Harrys neueste Freundin Kim Trilby verliebt war und daß es während des Winters, in dem sie zusammen waren, viele Samstagabende gab, an denen die Vorstellung, daß Harry und Kim jetzt nackt und aneinandergeschmiegt wie zwei Löffel in Kims warmem Zimmer schliefen, in mir, der ich allein und fröstelnd auf meinem Futon in dem leeren Haus lag, den Wunsch aufkommen ließ, er wäre tot.

Damals arbeitete ich als Diskjockey für einen vor dem Bankrott stehenden Rock-und-Pop-Sender, der sich nicht lange danach ganz auf Volksmusik verlegte und damit eine kleine, aber stabile Marktnische eroberte. Zwei Komma sechs Millimeter weiter rechts war ein leistungsstarker, seit langem eingeführter Top-Twenty-Sender, und kein Mensch hörte WDAN; ich konnte mir allenfalls Hotelgäste vorstellen, die ihren Radiowecker so einstellten, daß sie von diesem Sender geweckt wurden, ehe sie Pittsburgh für immer verließen. Ich hatte von Sonntag bis Freitag die Sendezeit zwischen Mitternacht und sechs Uhr, was mein Privatleben ruinierte, mir aber Gelegenheit bot, mit den unterschiedlichsten Stimmen viel haarsträubenden Unsinn zu erzählen und ab und zu ein Stück von Blurt oder den Virgin Prunes einzuschmuggeln, ohne Angst haben zu müssen, jemand könnte es hören und sich beschweren. Wenn ich auf Sendung war, wurde ich wieder zu einem Einzelkind, das an einem regnerischen Samstagnachmittag mit seinen Puppen und dem Plattenspieler auf seinem Zimmer ist – in diesen Stunden spürte ich nichts von der auf mir lastenden Bürde der Einsamkeit.

Als ich eines Dienstagmorgens im März in aller Frühe – ich erinnere mich, daß es noch dunkel war und an der Ecke drei Krankenschwestern auf den Bus warteten – aus der schneidenden Kälte ins Haus kam, brannten mehrere Lampen, und unsere Wohnung war warm. Es überraschte mich, Harry zu

Hause – und wach – anzutreffen, denn in letzter Zeit verbrachte er fast jede Nacht bei Kim in der Beacon Street, doch noch mehr überraschte mich, daß er die Zentralheizung aufgedreht hatte. Wegen Harrys chronischer Knauserigkeit – wir mußten für die Hälfte der Heizkosten geradestehen – und weil ich die perverse Idee gehabt hatte, unsere siebenjährige Freundschaft auf die Probe zu stellen, hatten wir irgendwann im Dezember die stillschweigende Übereinkunft getroffen, nie die Heizung einzuschalten, und seither hielten wir uns nur noch mit Skimützen und in Daunenjacken im Haus auf, atmeten Dampfwölkchen im arktischen Badezimmer und trugen beim Kochen Handschuhe; wenn man Spaghetti aus dem Topf mit kochendem Wasser in ein Sieb in der Spüle abgoß, entstanden dichte, bauschige Nebelschwaden. Es ging in einer Art Mutprobe darum, wer der Kälte als erster nachgeben würde, doch ich empfand keine Freude darüber, daß ich gewonnen hatte. Mit Harry stimmte was nicht. »Hallo!« sagte ich und ging durch das leere Wohnzimmer – wir hatten nur einen Stuhl. Ich dachte mir, Harry sei in der Küche und mache Frühstück, aber es kam keine Antwort. Ich ließ Mantel und Schal auf den Boden fallen und horchte auf seine Schritte oder seine Stimme am Telefon. Gerade als ich noch einmal seinen Namen rufen wollte, hörte ich aus dem Keller Geklirr von zerbrechendem Geschirr oder Glas. Wir wohnten im Erdgeschoß eines zweistöckigen Hauses, in dem zwei Parteien wohnten, und der Weg in den Keller führte durch unsere Wohnung. Wieder eine Glasexplosion, dann noch eine und schließlich mehrere in rascher Folge hintereinander, als hätte Harry auf der Waschmaschine eine Reihe Gläser aufgestellt und schieße sie nun mit einem Luftgewehr herunter. Er besaß jedoch kein Luftgewehr, und ich fiel fast hin, so schnell stürmte ich die Treppe runter, überzeugt, daß ich da unten meinen Freund untröstlich und halb übergeschnappt vorfinden würde.

Tatsächlich stand er dort nur in Boxershorts und mit einer Skimütze auf dem Kopf, in der rechten Hand eine halbleere Flasche George-Dickel-Whisky und in der linken einen der Franciscan-Teller aus dem Speiseservice meiner verstorbenen Mutter. Sein linker Arm war in die Höhe gestreckt und am Ellbogen angewinkelt, er hielt den Teller wie zu einem Traumpaß in den Torraum. Das Service für zwölf Personen gehörte zum Erbe meiner Mutter, sie hatte es mir als Geschenk für die bedauernswerte Frau hinterlassen, die einmal meine Braut werden würde. Rings um Harry lagen einhundertsiebenundzwanzig Scherben Trost auf dem Betonboden. Mir war sofort klar, daß es zwischen ihm und Kim aus war; ich hatte ihn schon oft in der Stimmung erlebt, wo er Sachen an die Wand warf. Wie gewöhnlich lag auf seinem Gesicht ein Lächeln, das nur in dieser Stimmung auftauchte und in dem sich die Schadenfreude des Vandalen mit der bitteren Heiterkeit des sich selbst verabscheuenden Betrunkenen verband. Die Skimütze hatte er sich schräg über das eine Auge gezogen, was ihm, als er zu mir herumwirbelte und mit dem Teller und der Whiskyflasche herumfuchtelte, etwas Piratenhaftes verlieh. Er war groß und kräftig, trug einen schwarzen Vollbart und hatte ein übles Veilchem am linken Auge.

»Schön, du kannst sie haben, Vince!« sagte er in einem häßlichen Ton.

»Ich muß schlafen.« Mit einem Mal war ich sehr müde. »Warum mußt du jetzt damit anfangen?«

Harry, der auf meinen Tagesrhythmus immer Rücksicht nahm – er litt unter periodisch auftretender Schlaflosigkeit und hielt Schlaf für etwas sehr Kostbares –, stellte den Teller behutsam, wie es nur Betrunkene tun, auf den Boden.

»Tut mir leid«, sagte er. »Kim hat mir wohl den Laufpaß gegeben.«

»Sicher bist du dir nicht?«

»Na ja, das ist so ne Sache.«
»Mit anderen Worten, vielleicht hast auch *du* ihr den Laufpaß gegeben.«
»Schon möglich.«
»Hat sie dir das Veilchen verpaßt?« Es war noch gar nicht so lange her, daß Kim im Squirrel Cage, der Kneipe, wo sie arbeitete, mit Hilfe eines Baseballschlägers eine Messerstecherei beendet hatte – vielleicht haben Sie Snake Fleming, diesen Armleuchter, mit dem Riesenverband am Kopf rumlaufen sehen –, und sie stand, obwohl sie klein war, im Ruf, ziemlich gut mit ihren Fäusten umgehen zu können.
»Was für ein Veilchen?« fragte Harry. Er nahm einen kräftigen Zug aus der Flasche Dickel. Dabei verschluckte er sich fast, und dies schien ihn kurz zu ernüchtern. Er sah sich um, betrachtete die Scherben des Service meiner Mutter und runzelte die Stirn.
»Es war wegen der Spielsachen«, sagte er schließlich.
Harry war Forschungs- und Entwicklungschef von Other Worlds Inc., einer Pittsburgher Firma, die ihre Produkte als »Spielsachen für das ungewöhnliche Kind« anpries, oder wie Harry sich ausdrückte: »Spielzeug für Kinder, die in der Schule keiner wird leiden können.« Es war eine kleine Firma, und die ganze Forschungs- und Entwicklungsabteilung bestand nur aus Harry. Der Präsident und zugleich die andere Hälfte der Firma war ein älterer orthodoxer Jude namens Mr. Levinsky, der in den dreißiger Jahren Sozialist gewesen war und in drei Bundesstaaten einen Buchklub – Platt & Munk oder Funk & Wagnalls, genau weiß ich es nicht mehr – vertreten hatte, nun aber seine Zeit damit verbrachte, die ganze Ostküste abzufahren und auf Versteigerungen billige, interessant aussehende Warensendungen aufzukaufen, die beim Zoll liegengeblieben waren. Tag für Tag werden in den Häfen der Ostküste riesige Posten mit den verschiedensten sonderbaren und nutzlosen Sachen versteigert: zwölf-

hundert hydraulische Ventilatorenflügel, neuntausend Rollen orangefarbenes Garn, zweiundfünfzig Kisten Babynahrung in Gläsern, achthundert Meter noch an ihren Gußzapfen hängende Plastikgabeln. Solche Trouvaillen karrten Mr. Levinsky und Claude, der Firmenfahrer, in einem bei einer Drogenrazzia beschlagnahmten Mercedes-Lkw, den Mr. Levinsky ebenfalls auf einer Versteigerung erstanden hatte, zu dem Lager von Other Worlds in Monroeville.

Harrys Aufgabe war es, mit jedem Gegenstand zu spielen und herauszufinden, ob er, abgesehen von seiner geplanten Funktion, irgendeinen »immanenten ludischen Wert« besaß, wie Mr. Levinsky sich ausdrückte. Harry überlegte sich, wie man mit dem Zeug etwas bauen, seinen Körper schmücken oder Ältere ärgern konnte, dann wurde es in einem ansprechenden Karton verpackt und landesweit für 24.95 Dollar in Museums-Souvenirläden und Spielwarenhandlungen mit Lichtschienen und skandinavisch klingenden Namen verkauft. Seinen größten Erfolg hatte Harry bislang mit *Komikaze* gehabt. Sie haben es bestimmt schon mal gesehen – eine Ansammlung von Styroporkugeln, Golftees und bunten Cocktail-Zahnstochern, die an einem Ende so eine Locke aus krausem Cellophanhaar haben. Dieses »Automatische Selbstzerstörungs-Set« war letzte Weihnachten der Renner gewesen, binnen zweieinhalb Wochen hatten sich die achtzehntausend Exemplare verkauft und Harry eine Gehaltserhöhung und einen seltenen Händedruck von Mr. Levinsky eingebracht. Der größte Nachteil seines ansonsten beneidenswerten Berufs war, daß er Harry dazu verführte, alles in seiner Nähe Befindliche – seine Schuhe, eine Schachtel Drahtstifte, eine Antibabypillenpackung – als potentielles Spielzeug zu betrachten. Mitten in einem ernsthaften Gespräch über das Oberste Bundesgericht oder die Papageienkrankheit ertappte man ihn dabei, wie er geradegebogene Büroklammern in einen Schwamm steckte, mit trockenen

Makkaroni eine Seeschlacht inszenierte oder aus den Fusseln in seinen Taschen eine Menagerie von Tieren formte. Ich erwähne die Pillenpackung, weil dieser Gegenstand den Bruch mit Kim heraufbeschworen hatte.

»Die Dinger eignen sich wirklich toll als Raumschiffe«, sagte Harry. Er kniete sich hin und kehrte mit den Händen das zerbrochene Geschirr zusammen. »Wenn man an der Scheibe dreht, kann man die Pillen wie kleine, äh, Hormonbomben abfeuern. Peng. Peng. Auf einen Schlag können die Bewohner eines ganzen Planeten keine Kinder mehr bekommen.«

»Harry«, sagte ich. »Komm mit nach oben. Ich geh jetzt ins Bett.«

»Es gibt da einen Trick, wie man mit den Dingern ganz weit schießen kann.«

»Laß das Zeug liegen. Komm schon.«

Ich faßte ihn am Arm, bugsierte ihn zur Treppe und gab ihm einen leichten Schubs. Er gab den Schubs zurück – kräftiger –, und ich fiel nach hinten. Mein Kopf knallte auf den Boden, und in meinem Schädel hörte ich das Geräusch eines Steins, der auf ein Stück Aluminiumblech kracht. Ich roch Blut in meiner Nase, und eine halbe Sekunde bildete ich mir ein, ich müßte sterben. Ich lebte.

»Laß die Finger von ihr«, sagte er. »Ich weiß, was du vorhast.«

Es dauerte eine Weile, bis ich sprechen konnte. »Du Arschloch«, sagte ich. »Ich habe gar nichts vor.«

So ganz – das wurde mir klar, als ich es sagte – stimmte das nicht. Ich hatte bereits vage Pläne geschmiedet, Kims Bluse aufzuknöpfen, ihr die Cowboystiefel auszuziehen, sie aus der Bluejeans zu pellen und von der Sohle bis zum Scheitel abzulecken. Der Schmerz in meinem Kopf war urplötzlich wie weggeblasen.

»O mein Gott, du blutest ja, Vince«, sagte Harry. Er

streckte die Hand aus und zog mich hoch. Ich faßte mir mit einem Finger an die Nase und lächelte Harry an.
»Du hast gerade einen großen Fehler gemacht«, sagte ich.

Ich erwachte früh an diesem Nachmittag, duschte und absolvierte meine Toilette mit der Sorgfalt eines Mannes, der jemanden verführen will. Kim arbeitete als Kellnerin im Squirrel Cage und fing erst abends an, deshalb rechnete ich damit, sie zu Hause anzutreffen. Inzwischen war ich felsenfest davon überzeugt, daß Harry und ich austauschbar waren, und so kam es mir gar nicht in den Sinn, Kim könne irgendwelche Skrupel haben, mit einem neuen Partner ins Bett zu gehen, während sie noch mitten in einer schmerzlichen Trennungsphase steckte; ich setzte einfach voraus, daß sie mich so akzeptieren würde, wie sie auch Harry akzeptiert hatte, als hätte er sich krank gemeldet und ich käme – im Auftrag einer Agentur für Liebesdienste – als gleichwertige Aushilfe. Ich kannte Kim so lange wie er, und wir kamen gut miteinander aus. Sie war eine dünne Frau mit einer Reibeisenstimme, besaß eine sarkastische Ader, ausdrucksvolle Hände und ein beachtliches Wissen über jene manchmal als Industrial Rock bezeichnete Musikrichtung, für die ich ein besonderes Faible habe. Ich hatte sie einmal zu einem Auftritt meines Freunds Lee Skirboll in einer Band namens Hex Wrench mitgenommen, für die Lee mit diversen Golfschlägern und Spateln auf einen stählernen Aktenschrank eindrosch, während ihn sein Partner auf einem Tapedeck, einem verstärkten Kurzwellenempfänger und einer Batterie altmodischer Philco-Sinuswellengeneratoren begleitete, die Mr. Levinsky ohne sein Wissen beigesteuert hatte. Kim hatte es gefallen, und während ich mit wachsendem Eifer Rasierschaum auf meinem Kinn verteilte, rief ich mir ins Gedächtnis, daß es hinterher, in dem kurzen Moment, ehe wir in das Lokal gegangen waren, wo wir Harry treffen wollten, der

nur Debussy, De Falla und Erik Satie mochte, zu einem verstohlenen Kuß und Händedruck gekommen war.
Als ich nach draußen zum Eßtisch ging – die Heizung war wieder abgedreht, und ich trug Handschuhe und eine Mütze –, lehnte an der Zuckerdose ein Zettel von Harry. »SORRY«, stand darauf. »MANN, HAB ICH KOPFSCHMERZEN, DU BESTIMMT AUCH. SORRY. SORRY. SORRY. H.« Tatsächlich hatte ich am Hinterkopf eine ziemlich große Beule, und wenn ich mich zu schnell umdrehte, spürte ich einen leichten Schmerz; ansonsten fehlte mir nichts. Aufgerollt neben dem Zettel lagen etwa fünfzig Meter eines sehr dünnen Telefondrahts in sieben Farben und mit kontrastierenden Streifen; in letzter Zeit hatte Harry damit für sein seit langem geplantes Meisterwerk experimentiert, *Aporie* – ein »dialektisches Brettspiel«, dessen Regeln sich nach jedem Wurf unvorhersehbar änderten, dessen Ergebnis aber von vornherein feststand. Ich setzte mich mit einer Tasse Kaffee an den Tisch und nahm ein Stück gelb-blauen Draht in die Hand. Ich war in einer Neubausiedlung groß geworden, wo während meiner ganzen Kindheit ständig neue Häuser entstanden waren, und ich erinnerte mich, daß ich solchen Draht auf den Baustellen gefunden und Fingerringe daraus gebogen hatte, einzelne Drahtschlingen – für Kims Finger ungefähr so groß, schätzte ich –, um die man kurze Drahtstücke wand, etwa so, und dann zusammendrückte, so daß am Ende jedes Drähtchens eine Perle entstand, gelb oder blau. Nach zehnminütiger Arbeit hatte ich ein hübsches Stück, dessen Anblick mich an eine hoffnungsvolle Liebesgabe meiner Knabenjahre denken ließ, die nicht zurückgewiesen worden war. Ich steckte den Ring in die Tasche und verließ das Haus, so beschwingt, daß ich am liebsten gehüpft wäre.
Draußen war es viel wärmer als drinnen, und schon bald stopfte ich Mütze und Handschuhe in die Jackentasche. Die Sonne schien höchst vielversprechend, in der Luft lag ein

leichter Benzingeruch nach Sommerverkehr, und auf dem Rasen der Methodistenkirche an der Ecke, wo noch vor ein paar Tagen eine alte Schneekruste gelegen hatte, sah ich Köpfe früher Osterglocken. Ein warmer Wind strich über den Gehsteig, und mir schien, ich müßte nur zweimal auf den Boden stampfen und das Kinn in die Höhe recken, und schon würde ich abheben, um so, nur alle fünf oder sechs Meter kurz den Boden berührend, dem Haus meiner schlanken Geliebten entgegenzuschweben. Die Leute in den Autos hatten die Fenster runtergekurbelt, und wenn sie an mir vorbeifuhren, hörte ich die schwerelose Musik aus ihren Radios. Jetzt zog ich den Reißverschluß meiner Jacke auf und bewegte ein paarmal den Kopf hin und her. Der resultierende Schmerz war stechend und angemessen. Zwei ältere Männer kamen aus Isaly's, beide bissen in die ersten Klondikes der Saison, und ich schwebte dicht hinter ihnen die Murray Avenue entlang und hörte zu, wie sie das Leistungsvermögen eines schlagstarken Shortstop erörterten, den die Pirates aus einem Zweitligateam geholt hatten. Oh, dachte ich, der erste Spieltag ist nicht mehr fern!

Als ich vor Kims Tür ankam, stellte ich zu meiner Verwunderung fest, daß ich kaum noch das Verlangen hatte, mit ihr zu schlafen. Es wäre schön, sie zu besuchen, in ihrer sonnigen Küche zu sitzen und irgendeine alberne Sendung im Tagesfernsehen anzusehen – das hatten wir schon oft gemacht –, aber in diesem Moment, als ich mit offener Jacke über die Betonstufen stapfte und meine Körperwärme in einer wohlriechenden Luftsäule durch den offenen Kragen aufstieg, war ich so glücklich, daß ich nicht glaubte, irgendwas könnte meine Laune noch verbessern – nicht mal, Kim in die Arme zu nehmen. Vom Geschlechtsakt hatte ich, wie mir schien, nur Gefahr und Reue zu erwarten.

Ich ging vorsichtiger über die drei Stufen zu ihrer Veranda und dann zu der Haustür, und noch während ich klingelte, wünschte ich, ich hätte es nicht getan. Unschlüssig blieb ich einen Moment auf dem Fußabtreter stehen, dann lief ich wieder die Stufen hinunter; doch es blieb keine Zeit, ungesehen zu verschwinden. Ich sah erst nach links, dann nach rechts, wandte mich zur Haustür und wieder zur Straße. Ich hörte Kims Schritte im Flur, ihre Hand auf dem Türknauf und duckte mich im letzten Moment hinter die Betoneinfassung der Veranda und die niedere Stechpalmenhecke, die sie verbarg, kauerte mich in den kleinen Zwischenraum zwischen der pieksenden Stechpalme und dem Haus. Ein Dorn zerkratzte mir die Wange, als Kim die Tür öffnete, und ich konnte mir gerade noch eine Verwünschung verkneifen.

Es entstand eine lange Pause, die mir zu der Erkenntnis verhalf, daß ich auf einem harten Schneehaufen kauerte und mein Hintern klatschnaß wurde. Ich hörte Kim ein paarmal schnuppern, als nehme sie meine Witterung auf, dann ein geplagtes Seufzen.

»Du hast eine Mütze getragen, Vince«, sagte sie. »Wie immer.«

Ich stand auf, zog die Mütze aus der Tasche und setzte sie wieder auf. Möglicherweise lag es an der Mütze – vielleicht war sie verzaubert – oder einfach am Anblick von Kim in einem langen Pullover mit Zopfmuster, der am Hals schlaff herabhing und bis dicht an ihre Knie reichte; jedenfalls begehrte ich sie wieder, sobald ich sie sah. Harry war zwar mein bester Freund, aber schon aus geringerem Anlaß als dem Anblick einer schönen Frau in nichts als einem Pullover haben Millionäre ihr Vermögen verplempert, Männer den Verstand verloren und Freunde einander zur Strecke gebracht.

»Ich habe mit Mütze geschlafen«, sagte ich. »Wie immer. Laß dein Leben bloß nie so weit kommen, daß du mit Mütze schlafen mußt.«

»Komm doch rein. Ich hab's schön warm.«

»Ich weiß.«
Ich ging hinter ihr ins Haus und durch den langen Flur in die Küche, wo das Radio lief und wo es nach Lorbeerblättern, Zwiebeln und frischer Erde roch.
»Ich koche Linsensuppe«, sagte sie, wandte sich dem Herd zu und guckte in den gußeisernen Topf. In dem unförmigen Pullover sah Kim mollig und matronenhaft aus; sie, die so dünn war, daß Harry sie manchmal einfach hochstemmte, über seinem Kopf herumwirbelte und rief: »Alarm! Hubschrauber!« Damals kann sie kaum mehr als fünfundvierzig Kilo gewogen haben. »Das wird wohl die letzte Linsensuppe in diesem Winter.«
»Sieht so aus.«
»Du kannst einen Teller haben, wenn sie fertig ist.«
»Danke.«
»Wenn du versprichst, Harry nicht zu erwähnen.«
»Das kann ich versprechen«, sagte ich.
Aus dem alten rosa Radio auf dem Küchentisch kam ein vertrauter Jingle. Zwei Takte aus dem abgedrehten Kazoo-Anfang von »Crosstown Traffic«, gefolgt vom Geräusch eines landenden Raumschiffs – ein Synthesizereffekt –, und dann meine verzerrte, gefilterte Stimme, die klang, als sei ich ein neun Meter großer Schwarzer, dem gleich der Kragen platzt. »WDAN!« blaffte meine bedrohliche Stimme. »Riesige Musik!«
»Ach *du* bist unser Hörer«, sagte ich. Im allgemeinen tat ich so, als störe es mich nicht, im Keller der Einschaltquoten herumzukrebsen, aber die Entdeckung, daß Kim diesen zur Pleite verdammten kleinen Sender hörte, rührte mich, und ich sah darin einen unwiderlegbaren Beweis dafür, daß sie die Richtige für mich war.
»Harry zwingt mich dazu«, sagte sie.
Sie setzte sich vorsichtig rittlings auf einen Küchenstuhl und forderte mich mit einer Handbewegung auf, ihrem Beispiel

zu folgen. Ich setzte mich. Mein Blick fiel auf den Aschenbecher zwischen uns, in dem fünfzehn oder sechzehn ausgedrückte Kippen lagen. Kim rauchte viel zuviel, selbst für eine Kellnerin. Jetzt zündete sie sich wieder eine an.

»Ich werd's mir abgewöhnen müssen«, sagte sie traurig und leise, als wäre ihr das noch nie in den Sinn gekommen.

»Aber sicher.«

»Wirst schon sehen«, sagte sie. »War er geschafft, als du nach Hause gekommen bist?«

»Oh, nein, eigentlich nicht«, sagte ich.

»Lüg nicht.«

»Er war unten im Keller und hat das Service meiner Mutter zerdeppert.«

»Ach du Schande.«

»Und er hatte die Heizung angedreht.«

Sie legte ihre Zigarette ab, und ihre braunen Augen wurden ganz groß vor Überraschung.

Dann lachte sie, ohne Sarkasmus und mit einer Fröhlichkeit, die so echt klang, daß ich verblüfft war. Es war ein tiefes, melodisches Lachen und schien mich aufzufordern, aus Harry, der Idee Harry, einen lächerlichen Dummkopf zu machen, ihn zu einer Comicfigur zu reduzieren, ihn aus ihrer Zuneigung schlicht hinauszulachen. Das war die einfache Aufgabe, die vor mir lag.

»Was gibt's da zu lachen?« sagte ich; die Frage klang barscher, als ich beabsichtigt hatte.

»Nichts«, sagte Kim. Sie sah auf die Glut ihrer Zigarette und biß sich auf die Lippe.

»Kimberly Ellen Donna Marie Trillby«, sagte ich. Ich ging zu ihrem Stuhl und kniete mich neben sie auf den Boden. Sie saß da, sah auf ihre Zigarette und weinte ganz ruhig. Mir war nicht klar, weshalb sie weinte, ob weil Harry weg oder ich noch da war, aber sie tat mir sehr leid. Hin und wieder sieht man so eine Kellnerin, wie sie im hinteren Teil eines Restaurants oder im Gang neben dem Telefon weint und auf ein paar Buchstaben auf einem Streichholzbriefchen starrt, und dann denkt man ein, zwei Sekunden über die unsägliche Härte des Kellnerinnendaseins nach. Ich zog sie an mich. Es folgte ein ganz kurzer Kampf, ehe sie sich entspannte und in meine Arme fiel.

»Komm mit«, sagte sie nach einer Weile. Sie stand auf und führte mich über den Flur ins Schlafzimmer. Ihr Gang war zu forsch, um verführerisch zu sein; sie wollte irgendwas erledigen. Ich war schon oft in ihrem Schlafzimmer gewesen, hatte Erregung beim Anblick ihres weißen Bettzeugs und der Reihen leerer Schuhe empfunden, aber nie dieses bohrende Gefühl, nur geduldet zu sein, wie ein stinkender alter Hund in einer scheußlichen Nacht, der nur dieses eine Mal im Haus schlafen darf, vor dem noch warmen Kamin – um am nächsten Morgen wieder vor die Tür gejagt zu werden.

Auf ihrem Bett stand ein großer, mit Klebeband verschlossener Seagram's-Whiskykarton, auf dem in Harrys altmodischer Handschrift mit Leuchtstift SCHATZ geschrieben stand.

»Was ist da drin?« sagte ich.

»Keine Ahnung.« Kim sah die Schachtel an, als könnte sie jeden Moment explodieren. »Er hat sie gestern nach der Arbeit mitgebracht. Tust du mir den Gefallen und gibst sie ihm zurück?«

»Hat er nicht gesagt, was drin ist?«

»Ich habe nicht gefragt. Ich habe schon lange aufgehört, ihm Fragen über seinen Plunder zu stellen.«

»Weil du aufgehört hast, ihn zu lieben«, sagte ich, griff nach ihrem Kinn und zog sie an meine Lippen. Nach dieser harmlosen Demonstration amouröser Gewalt – eine Masche, die mir nie so richtig gelingen will – rammte sie mir kräftig das Knie in den Bauch, und ich ging keuchend zu Boden.

»Ich werde Harry immer lieben«, sagte Kim. »Ich werde Harry immer, immer lieben.«
»Das verstehe ich«, sagte ich.
»Tut mir leid, daß ich dich getreten habe.«
»Danke«, sagte ich und stand auf. »Mir tut's auch leid. Es war bloß wegen der Küsserei in der Küche.«
»Aber sicher.«
»Warte hier«, sagte ich. Ich seufzte, sowohl um Atem zu schöpfen, als auch um meine Ungeduld mit ihr und mit Harrys verfluchtem Spielzeug zum Ausdruck zu bringen, dann hob ich die Pappschachtel auf und trug sie aus dem Zimmer.
»Ich weiß, was wir damit tun«, rief ich über die Schulter.
»Was?« sagte sie mit seltsam belegter Stimme. Sie kam hinter mir her und legte mir die Hand auf die Schulter, um mich zurückzuhalten. »Was hast du damit vor? Vince?«
»Wirst schon sehen.«
Die Schachtel war erheblich schwerer, als sie aussah, und während ich sie aus der Küche und die Stufen hinunter in den Garten schleppte, fragte ich mich, warum Harry das Zeug so verpackt und auf Kim Trillbys Bett zurückgelassen hatte. Die Sonne schien noch hinter dem Haus, zwischen den spillerigen Pappeln und dem durchgerosteten Kühlschrank, dessen Tür mit einer Kette verschlossen war, und der Nachmittag versprach wunderschön zu werden. Ich stellte den Schatz auf das spröde Gras und ging in den Keller, wo der schartige alte Spaten sein mußte, mit dem ich den ganzen Winter über den Gehsteig freigeschaufelt hatte, angeblich für Kims im oberen Stock wohnende Vermieterin, Mrs. Colodny, die mir danach immer tiefgefrorene Kishkes aus dem KosherMart gekocht hatte. Besagter Spaten war, wie ich sah, im hintersten Winkel hinter einem Stapel von Harrys Schachteln gelandet, die die Aufschriften SECHSECKBRETTER und PUPPENKÖPFE trugen, aber ich zog ihn hervor und machte mich unverzüglich an die Arbeit.

»Komm schon, Vince.« Kim rief mich von der Hintertür ihres Apartments. »Der Garten gehört Mrs. Colodny, du kannst da nicht einfach ein Loch graben. He, Vince, hör auf. Ich hab's begriffen, okay?«

Ich grinste sie an und machte weiter. Graben gehört zu den schwierigsten aller langweiligen Arbeiten, falls ich nicht die Adjektive vertauscht habe, und es kostete mich eine gute Viertelstunde, viel Schweiß und manche Verwünschung, aber nach der Schinderei war ich verschwitzt und erfrischt und das Ding einen Meter unter der Erde. Kim blieb, wo sie war, verschränkte in dem weiten Pullover die Arme und steckte sich mit ihrer zweiten Zigarette eine dritte an. Ich lehnte mich auf den Spaten, und kurz sahen wir uns über den Rasen hinweg an. Ich wußte nicht, was genau ich eigentlich bewiesen hatte, und sie wußte wahrscheinlich nicht, von was sie beeindruckt war, aber ich hatte etwas bewiesen, und sie wirkte beeindruckt. Ich ließ den Spaten fallen, ging zu ihr, lehnte den Kopf schwer atmend an den Türpfosten und wartete darauf, daß Kim sich ohne Bedauern, ohne Besorgnis in meine treulosen Arme warf.

»Was passiert jetzt damit?« sagte sie und sah bitter in den sonnigen Garten auf die schwarze Stelle, wo ich den Boden aufgegraben hatte.

»Ich weiß nicht«, sagte ich. »Kommt wohl ganz drauf an, was drin ist.« Vielleicht, grübelte ich mit schlechtem Gewissen, hatte Harry sämtliche Zettel zusammengepackt, die ich ihm je geschrieben hatte, und alle Baseball-Sammelkarten und *Playboys*, die ich ihm gekauft hatte, wenn sein Asthma schlimm wurde, und das Zigarrenkistchen mit den uralten Inuit-Zähnen von meiner Reise nach Alaska, das er unbedingt hatte haben wollen, und die französische Ausgabe von *Wendekreis des Krebses* mit dem aufreizenden Schildchen »Einfuhr in die U.S.A. verboten«, das ich eines Tages in der Bryn-Mawr-Vassar-Buchhandlung auf der Winthrop Street

für ihn erstanden hatte. In dieser Schachtel konnten die tollsten Sachen sein; das war mir klar.
»Du weißt es nicht«, sagte sie. »Das gefällt mir.« Sie grinste, als könne sie sich mit dieser Antwort zufriedengeben, zumindest eine Stunde oder zwei.
Am frühen Abend, in ihrem Schlafzimmer, schreckte sie jäh aus dem Schlaf. Sie zitterte und fühlte sich so schwach an, daß ich fürchtete, ich könnte sie bei unseren Verrenkungen und Zappeleien irgendwie verletzt haben, und als sie sich eine Zigarette anzündete und ausatmete, erschreckte mich das Rasseln in ihrer Brust – ein entsetzliches Geräusch, wie das Zittern verwelkter Blätter an einem Zweig.
»Mach die Zigarette aus und komm wieder ins Bett«, rief ich.
»Na gut«, sagte sie mit einer seltsamen Zärtlichkeit. Als sie wieder unter die Decke glitt, beugte ich mich aus dem Bett, fand meine Hose in dem Kleiderhaufen auf dem Boden und griff in die linke Tasche. Meine Finger schlossen sich um den Drahtring und hielten ihn fest. Ich hatte Angst, wir könnten einen schwerwiegenden, unwiderruflichen Fehler begangen haben und würden beide, wie in einer phantastischen Geschichte, von einer widerlichen Schar schwarzer Gestalten und böser schwarzer Vögel verschlungen werden, wenn ich nicht auf der Stelle etwas Sicheres, Magisches zum Festhalten fand. Mit unseren Knien machten wir aus der Decke ein Zelt, saßen in dieser gemütlichen Jurte, atmeten die Luft, die der andere gerade ausgeatmet hatte, und lauschten auf alles um uns herum. Während die Luft schwer und süß wurde, suchte ich nach Kims linker Hand, zählte die Finger ab und streifte ihr den Ring über. (Er war etwas zu groß, aber mit der Zeit würde er ihr passen.) Ich hob ihre Finger an meinen Mund und drückte ihnen einen Kuß auf. Unser Zelt brach zusammen, und der kalte Märzabend mit den letzten Resten seines grauen Himmels flutete herein. Ich schnappte nach

Luft vor Erleichterung. Ich würde mir für Harry eine Geschichte ausdenken, sowohl über Kim als auch über das Zeug, das ich vergraben hatte, und wir würden uns alle einfach anpassen müssen.
»Ich muß los zur Arbeit«, sagte Kim und drehte den Ring an ihrem Finger, als würde er scheuern oder als wolle sie herbeirufen, was seine Drahtschlaufen an zweifelhaftem Schutz zu bieten haben mochten. Dann sah sie mich lächelnd an und sagte etwas Zuversichtliches über das Kind, das sie zur Welt bringen werde, und in dem Zwielicht erwiderte ich ihr Lächeln, als hätte ich schon die ganze Zeit Bescheid gewußt. Ich gab nicht zu – was ich weiß Gott hätte tun sollen –, daß der Talmiring, den ich ihr geschenkt hatte, wirklich nur ein Spielzeug war.

Vor nicht allzu langer Zeit ging ich auf einen Sprung zu Harry. Heute teilt er sich mit zwei jungen Japanerinnen namens Tomoko eine Vierzimmerwohnung in East Liberty. Wir sind wohl immer noch Freunde – jedenfalls können wir uns immer noch zum Lachen bringen –, doch wir sind selten länger als ein paar Stunden zusammen, und unsere Beziehung ist in dem Stadium angelangt, wo sie am meisten durch Bier und Anekdoten stimuliert wird. Wenn ich ihn treffe, im Chief's oder der Electric Banana, ist meist noch jemand dabei – einer seiner Freunde, mit dem ich nicht auskomme, oder eine Arbeitskollegin von mir, die er nicht mag –, und unser Gespräch ist unbeholfen, ungewohnt und berührt keine wichtigen Fragen.
Seit dem Tag, an dem Kim uns verließ, haben wir nie richtig über sie gesprochen – ich glaube kaum, daß wir je wieder ernsthaft über Kim werden reden können –, aber wir haben es auch nicht geschafft, sie zu vergessen und einen Strich unter das Ganze zu ziehen. Zum einen sind da die Bilder des kleinen Raymond James Trilby, die Kim sowohl Harry als

auch mir von Zeit zu Zeit schickt. Und dann sind da noch die gelegentlichen Abende, an denen Harry und ich uns im Squirrel Cage über den Weg laufen, wo in einem Rahmen über der Theke, direkt neben dem Schild, auf dem steht ES IST NETT, WICHTIG ZU SEIN, ABER WICHTIGER IST ES, NETT ZU SEIN, nach wie vor eine von einem Jahrmarktskünstler gezeichnete Karikatur zu sehen ist, auf der Kim einen Louisville-Baseballschläger schwingt. Eine andere ständige Mahnung, so könnte man wohl sagen, ist auch das große, gähnende Loch, das meine Heirat mit und dann die Scheidung von Kim in das Gefüge unserer Leben gerissen hat – ein Loch, das sich in die eiskalte Leere und hin zum funkelnden Schutt der Sterne auftut. Insgesamt waren wir sieben Monate verheiratet, und gegen Ende aß Kim – fast wider Willen – öfter mit Harry zu Abend als mit mir und rief ihn ständig an, um sich auszuweinen. Und eines Tages stand auf dem Wäschetrockner inmitten der Waschmittelflocken plötzlich eine Eisbärenfamilie aus purpurnen Fusseln, und im Küchenmülleimer fanden wir eine Staffel zerknüllter Zigarettenfolien-Düsenjäger; und Kim, die bereits einen oder zwei Fehler gemacht hatte, haute aus Pittsburgh ab, so schnell sie konnte.
Als ich neulich abends bei Harry vorbeischaute, waren die beiden Tomokos mit einem Besucher aus Nagoya ausgegangen, und nachdem Harry mir ihre ordentlichen Betten und pastellfarbenen Kleider, die Fotos an ihren Zimmerwänden und Kostproben ihrer Handschriften gezeigt hatte, setzten wir uns mit einem Sixpack Rolling-Rock-Bier ins Wohnzimmer und sahen einander an. Momentan habe ich keine feste Freundin, und so fehlte es mir an den entsprechenden Geschichten, die ihn hätten amüsieren können.
»Klingt ganz so, als hättest du viel um die Ohren«, sagte ich.

»Und ob«, sagte er. »Und du?«
»Dito.«
Es folgte eine verlegene Pause, während der ich gut und gerne mein Bier austrinken, mir aufs Knie schlagen und in den Oktoberabend hätte hinauswitschen können – die Sonne war bedrückend früh untergegangen. Mir fiel nichts ein, was ich sagen konnte, rein gar nichts, und ich merkte, wie sehr ich inzwischen auf einen Dritten bei unseren Treffen angewiesen war – auf jemanden, der die schrecklichen Lücken in unseren witzelnden Gesprächen füllte. Ich sah wieder auf Harrys Bart, der in letzter Zeit neptunhafte Dimensionen angenommen hatte und sein Gesicht umwallte. Dann sah ich mich gründlich um. »Hier ist's schön warm«, sagte ich schließlich.
»Ach du lieber Himmel«, sagte er und fröstelte bei der Erinnerung. »Ich kann nicht glauben, daß wir so gelebt haben. Weißt du noch, daß wir eines Morgens auf dem Wasser im Klo eine Art Eisschicht hatten?«
»Gott, ja, ich erinnere mich«, sagte ich.
»Ha.«
»Hmm.«
»Hast du was von Kim gehört?« sagte er, stand auf und ging zum Kühlschrank, um die Frage zu tarnen. Ich verneinte und sagte, daß ich auch nichts Neues über den kleinen Raymond James wußte. Von Kims Mutter, die ich vor ein paar Monaten im Giant-Eagle-Supermarkt getroffen hatte, hatte ich erfahren, daß Kim auf einer vor Honolulu liegenden Yacht als Privatsekretärin einer reichen Frau beschäftigt war, aber ich hatte auch gehört, sie arbeite als Rechtsanwaltsgehilfin in Philadelphia. Harry sagte, er kenne diese Gerüchte bereits und glaube beide nicht. Er reichte mir noch eine Bierdose.
»Schon komisch, wie das alles ausgegangen ist, was?« sagte er.

»Allerdings.«
»Ich habe sie praktisch sitzenlassen. Das Kind auch.«
Wir tranken unser Bier und sinnierten über uns nach, über das, was von dem allem und jenen verschwenderischen Tagen noch übrig war.
»Eigentlich gar nicht so komisch«, sagte Harry.
»Irgendwie überhaupt nicht komisch«, sagte ich.
Das Telefon klingelte, und Harry ging in die Küche, um abzunehmen. Er sprach in knappen, heimlichtuerischen Worten mit jemandem, den ich nie kennenlernen würde, und versprach – ah, das traf mich unvorbereitet –, ihn oder sie nachher zurückzurufen. Er kam mit einer fast leeren Flasche George Dickel und einem langen Gesicht zurück.
»Vielleicht gehe ich lieber, Harry«, sagte ich.
»Oh, nein!« sagte er und machte dabei ein so ernsthaftes Gesicht, daß meine Zweifel fast verflogen. »Ich muß dir was zeigen.«
Er führte mich in den Keller des Hauses, wo eine Waschmaschine und ein Trockner standen, drei Fahrräder, eine überzählige Kloschüssel, die auf der Seite lag, diverses Campingzubehör – darunter auch zwei leergeräumte Rucksäcke, auf denen Rising-Sun-Etiketten und einige dieser schrecklichen Hello-Kitty-Aufkleber prangten – sowie eine riesige Ansammlung von Pappkartons, insgesamt vielleicht sechzig oder siebzig, die zu schiefen Stapeln aufgetürmt und in Harrys vertrauter, an Maya-Glyphen erinnernder Handschrift gekennzeichnet waren: PFEIFENREINIGER, KORDSAMT, HANF, VIERECKIGE KNÖPFE, GUMMIARABIKUM, PUPPENHÜTE, ZERSTÄUBERFLAKONS, SUSHI-PLASTIKNACHBILDUNGEN, KEILRIEMEN, KLEINE ROTE AFFEN. Er zeigte mir die Pläne für ein neues Spiel mit dem Titel *Autounfall*, zu dem Kronkorken, Glühbirnchen von Weihnachtslichterketten, Blechflöten und Dosen mit irgendeiner billigen roten Knetmasse aus Malaysia gehörten, und dann kauerte er sich auf den Boden,

griff hinter den Karton mit Gummiarabikum und zog eine große viereckige Schachtel hervor.
»Das wird mein nächstes Spiel«, sagte er. »Ich nenne es ›Schatz‹.«
Diesmal war das Wort SCHATZ in großer Schrift auf die Seiten der Schachtel gedruckt, neben dem Namen eines führenden britischen Spielwarenherstellers und dem Wort »PIRATENLAND« in Shelley Allegro Script.
»Die wollten das Spiel hierzulande auf den Markt bringen, aber es war ein Flop«, erklärte er und riß mit dem Daumennagel das Siegel der Verpackung auf. »Levinsky hat in Baltimore zu einem Spottpreis eine falsch abgelieferte Ladung Spieleteile ersteigert.«
Ich suchte auf seinem Gesicht nach irgendeinem Zeichen, daß er mit mir spielte, konnte aber keines entdecken; er schien lediglich den fast schon verzweifelten Wunsch zu haben, mir zu zeigen, was in dem Karton war, als sei es für ihn am schwersten gewesen, niemanden zu haben, dem er die Geheimnisse seiner märchenhaften Schatzkammer anvertrauen konnte. Er hob den Deckel und brachte ein Vermögen zum Vorschein, eine glatte Million in Pappdublonen, goldlackiert und im Kellerlicht matt schimmernd, und ich fragte mich, ob dies auch in der Schachtel gewesen war, die ich in Mrs. Colodnys Garten vergraben hatte, oder ob es sich um einen Schatz ganz anderer Art gehandelt hatte. Ich kannte mich in dem Thema nicht aus, aber ich hoffte, daß man einen einmal vergrabenen Schatz nicht immer wieder neu vergraben mußte.
»Die Farbe enthält angeblich echten Goldstaub«, sagte Harry. »Das war wohl der Gag.«
Er reichte mir eine dicke Münze, und ich sah sie mir genau an. Sie trug eine unleserliche Pseudo-Aufschrift und die primitive Karikatur eines Kaiserkopfs, und als ich sie befingerte, blieb etwas von ihrem Glanz an meinen Fingern haf-

ten. Harry sah mich jetzt mit einem fiebrigen Lächeln an, und wiederum wußte ich nicht, was ich sagen sollte, aber außer mir war niemand da, und etwas mußte ich sagen.
»Wir sind reich«, sagte ich.

Teil II
Die verlorene Welt

Das Messerchen

Eines Samstags in jenem letzten, endlosen Sommer, bevor sich seine Eltern trennten und die Washington Senators für immer aus den Annalen der Baseballgeschichte verschwanden, fuhren die Shapiros nach Nags Head in North Carolina, wo Nathan ganz unabsichtlich einen tollen Streich spielte. Sie fuhren über die Interstate 95 durch den Commonwealth of Virginia zu einem Ort namens Sandpiper – eine eiförmige, heruntergekommene Anlage bezaubernder Ferienhäuser, weiß und grün wie der Atlantik und unter Leitung eines netten, erstaunlich dicken alten Manns namens Colonel Larue, der nach Kirschen duftende Zigarren rauchte und, wenn man ihn bat, Fangen oder Völkerball mitspielte. Auf dem mit Unkraut durchsetzten Kies vor seinem Büro stand ein alter rot-radiumweißer Cola-Automat, aus dem man die Flaschen durch ein hohes, schmales Glastürchen entnehmen mußte, das beim Öffnen ein Seufzen von sich gab und Nathan an das Automatenrestaurant erinnerte, in das ihn seine Großmutter einmal in New York mitgenommen hatte. Beim Anblick des Automaten und der ganzen Sandpiper-Anlage erfüllte Nathan – wie damals in dem Restaurant – eine heitere Trauer, oder vielmehr eine traurige Heiterkeit; er war mit zehn nicht zu jung, um Sinn für Nostalgie entwickelt zu haben.

In sämtlichen Ferienhäusern wohnten Kinder – mit allen möglichen Schwimmreifen, Flossen, Eimerchen, Lastwagen und Flugobjekten –, und Nathan beneidete seinen jüngeren Bruder Ricky darum, daß er sich sofort einer Seeräuberbande kleiner, mit Wasserpistolen bewaffneten Jungen anschloß, die ständig Furzgeräusche machten und unkontrolliert losprusteten, wenn ihre Mütter bestimmte normale Wörter wie »Hot dog« oder »Gummi« gebrauchten. Die Shapiros fuhren jeden Sommer ans Meer, und wie bei allen Ferienreisen zuvor verstanden sich Nathan und sein Bruder auch zu Anfang dieses Urlaubs besser als sonst, bekam ihre Mutter fast sofort einen leichten roten Hitzeausschlag und lag ihr Vater blaß und regungslos wie ein Denkmal in der Sonne und vergaß immer, seine Armbanduhr abzulegen, wenn er ins Meer ging. Nathan hatte einen Stapel James-Bond-Bücher und seine Buntstifte mitgenommen; es gab Brettspiele – er und sein Vater waren mitten in den Entscheidungsspielen ihres Strat-O-Matic-Baseballturniers – und winzige Kellogs-Schachteln; die Familie ging jeden Abend zum Essen aus. Doch als sie die gemächliche, strahlend schöne Woche zur Hälfte hinter sich hatten – und länger dauerte ihr Aufenthalt nicht –, ergriff Nathan eine ungewohnte Sehnsucht: Er wollte nach Hause.

Er wachte ganz früh am Mittwochmorgen auf, ging in die kleine Küche des Ferienhauses, wo der Boden klebrig war und der Tisch wackelte und zitterte, und nahm sich die letzten guten Frühstücksflocken aus der Probierpackung, so daß für Ricky nur jene pappig-säuerlichen Sorten mit den wissenschaftlichen Namen übrigblieben – die Geschmacksrichtung, die ihre Großeltern mochten. Als er zu essen begann, hörte Nathan aus dem großen Schlafzimmer am Ende des Flurs den unverkennbaren, inzwischen immer vertrauteren Klang, den die Stimme seines Vaters annahm, wenn er seine Mutter mit einem Haufen Hohn und Spott eindeckte. Seltsamerweise hörte sich seine Stimme dann leise und flehentlich an. In letzter Zeit schien Dr. Shapiro alles, was seine Familie sagte und tat, furchtbar zu enttäuschen. Ständig riß er die linke Hand hoch und schlug sich an die traurige, empörte Stirn, so fest, daß Nathan oft zu hören meinte, wie der Ehering seines Vaters gegen den Schädelknochen krachte.

Bei ihrem Baseballspiel gestern – Nathans Baltimore Bonfires gegen die Brooklyn Eagles seines Vaters – hatte Nathan mit jeder Entscheidung ein Fiasko ausgelöst, und alle unklugen Auswechslungen und dummen Versuche, ein Base zu stehlen, waren von seinem Vater in jenem neuen, vor gemeinem Sarkasmus triefenden Ton kommentiert worden, so daß Nathan sich den ganzen Nachmittag über entschuldigt und schließlich geweint hatte. Jetzt horchte er auf die Stimme seiner Mutter, auf ihren zerknirschten Unterton.
Die Schlafzimmertür wurde zugeschlagen, und Mrs. Shapiro kam in die Küche. Sie trug einen Morgenmantel, auf ihrem Gesicht ein verstörtes, schlafloses Lächeln.
»Guten Morgen, Schatz«, sagte sie und summte vor sich hin, während sie Wasser aufsetzte und sich eine Tasse Pulverkaffee machte. Ihr Löffel klirrte fröhlich in der Tasse.
»Wo gehst du hin, Mom?« sagte Nathan. Sie hatte die Kaffeetasse in die Hand genommen und ging auf die gläserne Schiebetür zu, die aus der Küche zum Strand führte.
»Bis dann, Schatz«, trällerte sie.
»Mom!« sagte Nathan. Er stand auf – voll unsinniger Angst, sie könnte für immer verschwinden, weil sie so glücklich wirkte. Kurz darauf hörte er sie pfeifen, und er ging zur Tür und drückte sein Gesicht gegen das Fliegengitter. Das Pfeifen seiner Mutter klang melodisch und kräftig, wie aus einem Disneyfilm, wie das Pfeifen eines Schotten, der in einem leuchtenden Kilt über eine Wiese wandert. Mit flotten Schritten ging sie an dem windschiefen Lattenzaun im Strandgras auf und ab, trank aus dem großen weißen Becher und pfiff in der Brise laut vor sich hin; ihre roten Haare wehten wie ein trotziges Banner hinter ihr her. Er sah zu, wie sie den Sonnenaufgang verfolgte – der Tag versprach wunderschön und windig zu werden –, und sah dann, wie sie den Kaffeebecher auf den Boden stellte, den Morgenmantel abstreifte und – das war ihr neuster Fimmel –, im Badeanzug

eine lange Reihe Yogaübungen absolvierte und immer wieder erstarrte, als spiele sie Fangen und wäre abgeklatscht worden. Schon bald versank Nathan mit der Leidenschaft eines jungen Wissenschaftlers in der Betrachtung seiner hübschen, pfeifenden Mutter, die sich am Boden wälzte.

»Ist es denn die Möglichkeit?« sagte Dr. Shapiro.

»Ja«, sagte Nathan ernst und wurde im nächsten Moment rot, als er herumwirbelte und seinen Vater entedeckte, der im Schlafanzug zu Mrs. Shapiro hinübersah. Sein Lächeln war wütend und verkrampft, aber in seinen Augen stand der gleiche Ausdruck düsterer Überraschung und Enttäuschung wie gestern, als Nathan Johnny Sain, einen auch als Schlagmann bewährten Werfer, ausgewechselt hatte, und der Ersatzmann, Enos Slaughter, prompt mit drei Strikes ausschied. Es gab hundert neue Sachen, für die sich Nathans Mutter interessierte – Bonsai, die Zuni, Yoga, Immobilien –, und obwohl Dr. Shapiro immer ein toleranter, großzügiger, neue Interessen fördernder Mann gewesen war (wie Nathan seine Mutter zu einer Freundin hatte sagen hören) und ihr zunächst vergnügt bei der Anschaffung der erforderlichen Handbücher, Materialien und Bildbände geholfen hatte, schien er in letzter Zeit jeden neuen Fimmel als Affront aufzufassen – als eine Verirrung, einen Fehltritt.

»Ist es denn die Möglichkeit?« wiederholte er und schüttelte sein bärtiges Haupt.

»Sie sagt, das tut einem richtig gut«, sagte Nathan.

Mit einem wehmütigen Lächeln sah der Vater zu seinem Sohn hinunter und tippte ihm einmal auf den Kopf. Dann drehte er sich um, ging zum Kühlschrank und zog seine Hose hoch. Es war der Schlafanzug mit dem Muster aus blauen Streifen und roten Karos – Nathan stellte sich immer vor, daß der tapsige, vom Pech verfolgte Elefant in dem Witz von Groucho Marx so einen Schlafanzug getragen hatte.

Später an diesem Tag, als sie Sandwichs mit Eiersalat machten, die sie an den Strand mitnehmen wollten, gerieten Dr. und Mrs. Shapiro zum fünften Mal seit ihrer Ankunft in heftigen Streit. In der Küche des Ferienhauses war ein Messer – ein kleines, neues Messer ausländischen Fabrikats, das es Mrs. Shapiro angetan hatte. Als sie es dazu benutzte, Stangensellerie in ordentliche kleine Hufeisen zu schneiden, lobte sie es wieder. »So ein gutes Messerchen«, sagte sie. »Warum nimmst du's nicht einfach mit?« fragte Dr. Shapiro. Die Luft in der Küche füllte sich plötzlich mit scharfem hellbraunem Qualm, und Dr. Shapiro lief zum Toaster und zog den Stecker raus.

»Das wäre gestohlen«, sagte Nathans Mutter und achtete nicht darauf, daß ihr Mann erschreckt mit den Armen fuchtelte und daß ihr Mittagessen brannte. »Das Messer bleibt hier, Martin.«

»Gib's mir.« Dr. Shapiro streckte die geöffnete Hand aus.

»Ich lasse mich von dir nicht länger – zu einer – unehrlichen Frau machen!« sagte seine Mutter. Zunächst schien sie bestrebt, den angefangenen Satz nicht zu beenden, aber schließlich drehte sie sich um, reckte Dr. Shapiro das Gesicht entgegen und machte sich kräftig Luft. Nach ihrer Entgleisung wandten sich die beiden Erwachsenen ihren Söhnen zu – die Gleichzeitigkeit ihrer Bewegung war fast schon komisch. Nathan hatte keinen blassen Schimmer, wovon seine Mutter redete.

»Du sollst nicht stehlen, Dad«, sagte Ricky.

»Ich habe damit nur den Toast rausholen wollen«, sagte ihr Vater. Er sah wieder ihre Mutter an. »Herrgott noch mal.« Er drehte sich um und ging aus der Küche.

Die Knöchel ihrer Mutter waren weiß, als sie den Griff des Messers umfaßte, den Toast herauspulte und über der Spüle die verbrannten Seiten abschabte. Weil ihr Vater »Herrgott noch mal« gesagt hatte, zuckte Ricky mit den Augenbrauen

und grinste Nathan an. Als die Schlafzimmertür zugeschlagen wurde, sprang Nathan plötzlich von dem wackeligen Küchentisch auf, als sei ihm ein Insekt über das Bein gekrabbelt.
»Schlag's tot!« sagte Ricky. »Was ist es?«
»Was ist es?« sagte seine Mutter. Sie ließ rasch den Blick über Nathans Körper wandern, eine Hand halb zum Schlag erhoben.
»Nichts«, sagte Nathan. Er nahm seine Brille ab. »Ich gehe spazieren.«
Als er ans Ufer kam, drehte er sich um und sah zur Sandpiper-Anlage. Damals gab es in Nags Head nur wenige Hotels und keine Eigentumswohnungen, und es kam Nathan so vor, als stehe der kleine Kreis der Ferienhäuser allein wie Stonehenge inmitten einer riesigen Einöde. Er ging den Strand entlang, beguckte sich die Abdrücke seiner Füße und folgte der Schrift, die die Uferläufer, von denen die Ferienanlage ihren Namen hatte, im Sand hinterlassen hatte. Er kam an einer Sandburg vorbei, dann an einem Herz, das mit einem Stecken um die Namen Jimmy und Beth gezeichnet worden war. Manchmal sanken seine Fersen tief in den Sand, und ihm fiel auf, was für merkwürdige Spuren dadurch entstanden – zwei breite Dellen. Er entdeckte, daß er ganz auf den Fersen laufen konnte, und seine Spur verwandelte sich in zwei Linien aus großen Punkten. Wenn er kurze Schritte machte, sah es aus, als sei ein Tier – ein Vogel mit zwei Stelzfüßen – zum Fischefangen ans Ufer gekommen.
Auf diese Weise humpelte er lange Zeit weiter, sah auf seine Füße und vergaß dabei fast den Streit seiner Eltern. Doch schließlich wurde es ihm langweilig, auf den Fersen zu laufen, und als er kehrtmachte, um zurückzugehen, sah er, daß sich seine Mutter und sein Vater auch zu einem Spaziergang entschlossen hatten und jetzt geradewegs auf ihn zukamen – sie hielten sich an der Hand, ließen los, faßten wieder zu.

Nathan lief ihnen entgegen, und sie trennten sich, um ihn zwischen sich zu lassen. Gemeinsam gingen sie am Strand entlang und blieben ab und zu stehen, um Muscheln aufzusammeln und Glasscherben, tote Krebse, Schnur und all die bunten oder stinkenden Sachen, denen Nathan zuvor keine Beachtung geschenkt hatte. Anfangs bestaunten seine Eltern mit ihm diese Funde, und sein Vater nahm jede gestreifte Muschelschale in die Hand, um sie sicher zu verwahren, bis es zwei Dutzend waren, die dort wie Kleingeld klimperten. Aber nach einer Weile schienen sie das Interesse zu verlieren, und Nathan zockelte ein paar Schritte vor ihnen her, bückte sich als einziger und ließ niedergeschlagen Sand über seine Zehen rieseln, während er ihr unvorsichtiges und unverständliches Gespräch zu belauschen versuchte.

»Nie wieder«, sagte seine Mutter schließlich.

Dr. Shapiro ließ die Muscheln fallen. Er rieb sich die Hände und starrte sie an, als sei er aus einem Traum aufgewacht, in dem er ein Vermögen in Gold in seinen Fingern gehalten hatte. Nathan, der sich so schnell aufgerichtet hatte, daß ihm schwindlig wurde, stieß einen Schrei aus und zeigte nach unten auf den Sand zwischen den verstreuten Muscheln. »Schaut euch diese komischen Spuren an!« rief er.

Sie sahen alle zu Boden.

Mehrere Minuten lang wurden Vermutungen darüber angestellt, welche Art von Tier zehenlos zum Ufer ging, und obwohl Nathan zunächst seinen Spaß daran hatte, fand er es bald peinlich und irgendwie erschreckend, wie leicht er seine Eltern hatte täuschen können. Sein Bluff wurde fast aufgedeckt, als Ricky, der einen langen Stecken in der Hand hielt und sich im Gesicht und bis über beide Arme mit Leuchtstift wilde Tatöwierungen aufgemalt hatte, zu ihnen lief, um zu sehen, was los war. Der kleine Junge stellte sich sofort auf die Fersen und wäre so ein paar Schritte gegangen, hätte Nathan ihn nicht am Ellbogen zur Seite gezogen.

»Warum hast du einen Hund im Gesicht?« fragte Nathan.
»Das ist ein Jaguar«, sagte Ricky.
Nathan beugte sich vor, um seinem Bruder etwas ins Ohr zu flüstern. »Ich habe Mom und Dad reingelegt«, sagte er.
»Toll«, sagte Ricky.
»Sie glauben, da wär ein komisches Tier am Strand.«
Ricky stieß Nathan weg und musterte dann ihre Mutter und ihren Vater, die sich wieder unterhielten – leise, als wollten sie ihre Söhne nicht beunruhigen. »So was gibt's nicht«, sagte Nathans Vater.
Rickys Haut war unter den primitiven Tätowierungen gebräunt, sein Haar sah steif und zottig aus, ungewaschen und vom Meerwasser verklebt, und als er ihre Eltern betrachtete, hielt er den dünnen Stecken wie einen Speer an seiner Seite.
»Die sind doof«, stellte er kategorisch fest.
Dr. Shapiro kam auf sie zu, machte einen behutsamen Schritt über die geheimnisvollen Spuren und kniete sich dann neben seine Söhne. Sein Gesicht war rot, aber nicht von der Sonne, und er schien sich schwer damit zu tun, die Jungen direkt anzusehen. Nathan begann zu weinen, bevor sein Vater auch nur ein Wort gesagt hatte.
»Jungs«, sagte er. Er wandte den Blick ab, sah sie dann wieder an und biß sich auf die Lippe. »Ich fürchte – es tut mir leid. Wir werden nach Hause fahren. Eure Mom und ich – wir fühlen uns nicht so wohl. Wir sind anscheinend nicht ganz gesund.«
»Nein! Nein! Nathan war's!« sagte Ricky, legte den Speer auf den Boden und warf sich in die Arme seine Vaters. »Ich war's nicht. Schickt *ihn* nach Hause.«
Nathan nahm all seinen Mut zusammen, rang sich zu dem Eingeständnis durch, daß die merkwürdige Fährte des verkrüppelten Tiers von ihm stammte, und sagte: »Ich bin schuld.«
»Oh, nein!« riefen seine Eltern beide, was ihn erschreckte.

Seine Mutter stürzte zu ihm und fiel auf die Knie, und sie nahmen Nathan in die Arme, sagten, es liege nicht an ihm, nie und nimmer, und sie zerzausten ihm mit den Finger die Haare, als habe er etwas getan, für das sie ihn lieben konnten.

Als sie vom Abendessen zurückkamen, gingen die Shapiros mit Ausnahme Nathans zu einer letzten, traurigen Strandpromenade ans Meer. Im Lokal hatte Ricky seine Eltern angebettelt, bis zum Ende der Woche zu bleiben – sie hatten noch nicht mal das Denkmal in Kitty Hawk gesehen, der Wiege der Luftfahrt. Ricky zuliebe hatte auch Nathan versucht, sie umzustimmen, aber er war mit dem Herzen nicht bei der Sache – er wollte selbst unbedingt nach Hause fahren –, und zum Schluß hatten sie alle vier geweint und in dem mit Messing und Tauen dekorierten Speisesaal des Port O'Call auf ihrem Essen herumgekaut; sogar Dr. Shapiro hatte eine Träne vergossen. Sie wollten noch an diesem Abend fahren. Nathans Familie stand jetzt in Sweatshirts an der gläsernen Schiebetür, seine Eltern bemüht, strenge und ungeduldige Mienen aufzusetzen, und Nathan merkte, daß sie ein schlechtes Gewissen hatten, weil sie ihn allein in dem Ferienhaus zurückließen.

»Ich packe meine Sachen«, sagte er. »Geht nur.« Einen Augenblick zog sich ihm vor wütender heimlicher Schadenfreude der Magen zusammen, als seine Mutter und sein Vater ihm seufzend den Rücken zuwandten und seinem harmlosen Befehl gehorchten. Dann war er wieder allein in der Küche, zum zweiten Mal an diesem Tag, und er wünschte sich, er wäre mit zum Meer gegangen; irgendwie nahm er es seinen Eltern übel, daß sie ihn zurückgelassen hatten. Er stand auf und ging in das Zimmer, das er sich mit Ricky geteilt hatte. Dort, im Zwielicht, das in orangefarbenen Strahlen durch das offene Fenster fiel, schienen das Knäuel ihrer Kleider und Betten, ihre verstreuten Spielsachen und Bücher, die Oberflächen der kaputten Kommode und der Kopfteile des Doppelbetts mit feinem, strahlendem Sand überzogen, als habe sie eine Flutwelle überspült, und das Zimmer war mit den Muscheln übersät, die sie gefunden hatten. Nachdem Nathan den Schuhkarton mit seinen Baseball-Sammelkarten in den Koffer geleert hatte, suchte er langsam das Zimmer nach Muscheln ab und las sie mit vorsichtigen Bewegungen seiner zitternden Hand auf. Mit dem Schuhkarton ging er in die Küche zurück, sammelte die Scherben von salzweißem und grünem Strandglas ein, die in einem Haufen neben dem elektrischen Dosenöffner lagen, und ließ dann ein hohles rosa Krabbenbein folgen, in dessen Schere Ricky einen Buntstift geklemmt hatte. Als Nathan das Messerchen auf dem Ablauf neben dem Spülbecken sah, zögerte er nur einen Moment, ehe er es in den Karton fallen ließ, wo es alsbald schwamm, wie das Museumsmodell eines Haies in einem Unterwasserdiorama. Nathan lachte in sich hinein. So deutlich, als würde er sich daran erinnern, sah er die Vorwürfe seiner Mutter ebenso voraus wie das wütende Leugnen seines Vaters, und mit einem unglücklichen, leisen Lachen ging er daran, all die Mißklänge, an denen er – in seiner maßlos alles verarbeitenden Phantasie – schuld war und immer schuld sein würde, vorauszusehen und sich in Erinnerung zu rufen und mit Hingabe für immer einzuprägen.

Mehr als menschlich

Während des ganzen tristen, unzureichenden Frühlings vor seinem Auszug schöpfte Dr. Shapiro Trost und Kraft aus den Abenden, an denen er und sein Sohn Streifzüge durch die Bibliotheken unternahmen. Der Bibliotheksverbund des Henrietta County war wohlhabend und abenteuerlustig und unterhielt selbst in den entlegensten Gefilden seines Reichs wohlsortierte Zweigstellen, so daß Dr. Shapiro und Nathan binnen weniger Stunden wie eine lesewütige Mongolenhorde über ein Dutzend verschiedener Bibliotheken herfallen und mit reicher Beute heimkehren konnten – für Dr. Shapiro Neuerwerbungen mit 14tägiger Leihfrist, für Nathan Bücher über Baseball, Mythologie und die Heldentaten zivilisierter Mäuse. Dr. Shapiro bemühte sich, seinen Sohn auf den Geschmack an Science Fiction zu bringen, gemäß der von ihm selbst so durchlaufenen natürlichen Progression der Lesealter, und hatte ihm die paranoiden Romane seiner Jugend empfohlen – *Slan*, *Demolition* und *Das andere Universum* –, von denen Nathan der erste, dessen jugendlicher Protagonist zwei Herzen hat, am besten gefallen hatte.
Im Henrietta County waren 14-Tage-Bücher heiß umkämpft, was der vorgebliche Grund für diese wöchentlichen Raubzüge war und Dr. Shapiro als Rechtfertigung gegenüber seiner Frau und sogar Nathan diente. Sein wahres Motiv war das ihm angeborene Bedürfnis nach kleinen Ritualen, ein Bedürfnis, das in letzter Zeit fast zwanghaft geworden war, als der extreme Zustand seiner Ehe und die Tristesse seiner neuen Stelle – er arbeitete in einer kleinen psychiatrischen Kinderklinik, Sunny Valley Farms, wo er vielen verschiedenen und recht gruseligen Spielarten kindlichen

Wahnsinns ausgesetzt war – seinem Leben die Alltäglichkeit geraubt und ihn mit der brutalen Neuheit eines Alptraums konfrontiert hatte. Die Pfeife, der wöchentliche Zug in seiner Briefschachpartie und die Fahrten mit Nathan über die Landstraßen des Henrietta County waren die einzigen banalen Zeremonien, die ihm noch geblieben waren.

An Donnerstagabenden, wenn die Bibliotheken bis um neun geöffnet hatten, kam er von der Arbeit nach Hause, duschte, zog Bluejeans und ein sauberes Hemd an und setzte sich vor den Fernseher, um zusammen mit Nathan die letzte Viertelstunde von *Lost in Space* zu sehen. Dr. Shapiro, der in Nathans Alter versucht hatte, nach einem Rezept aus einem Artikel in *Science Wonder Stories* Leben in einem Waschzuber zu erzeugen, interessierte sich mit schlechtem Gewissen für die Serie und hatte sämtliche schwachsinnigen Folgen schon mindestens einmal gesehen. Nach dem Ende der Sendung überließen Nathan und er Rose und Ricky ihrem Abendessen, traten gutgelaunt hinaus in den Nieselregen und die Hortensien und fuhren davon. Während er den Wagen auf die kurvenreiche alte Industriestraße steuerte, die durch Stadtparks und Kornfelder zur Zweigstelle in Gunpowder Creek führte, langweilten und entspannten ihn die wenig bemerkenswerte Landschaft und das drollige Geplauder seines Sohns und stimmten ihn halbwegs froh, so daß seine Konzentration nicht mehr ausschließlich dem Griff ums Lenkrad galt.

Sie erfanden Spitznamen für seine Kollegen im Sunny Valley und Nathans Schulkameraden, knüpften lange Ketten schlechter Wortspiele, sangen opernreife Versionen von Werbejingels. Dr. Shapiro hatte wenige Freunde, und seit Nathans ersten Worten war sein ältester Sohn der wichtigste Vertraute seiner Gedankenwelt. Er wußte, daß es für einen Vater nicht gut sein konnte, so von seinem Kind abzuhängen, und tadelte sich dafür; er vermutete, daß sein Bedürfnis keineswegs seinem Alter entsprach und er sich die einlullende Torheit der Worte schon längst hätte versagen müssen. Früher hatte er sich mit Nathan stundenlang in einem ständig expandierenden Nonsenskosmos aufhalten können, doch als sie älter wurden und seine Gedanken immer stärker von ehelichem Unglück, finanziellem Ehrgeiz und dem Vergehen der Zeit beherrscht wurden, waren diese Stunden auf die drei zusammengeschmolzen, die sie jede Woche mit ihren Bibliotheksbesuchen verbrachten. Dr. Shapiros Bedürfnis hatte jedoch nie nachgelassen; es war durch den sich verändernden Charakter ihrer Gespräche in den letzten Monaten allenfalls noch stärker geworden. Nathan neigte dazu, immer schwierigere Fragen zu stellen, die sorgfältige Antworten erforderten, bat ihn, die Ringe des Saturns zu erklären, die Teilung Indiens, die New Yorker Subway. Nathans leidenschaftlicher Hunger nach Fakten schien in dem Vater eine gleichgestimmte Saite zum Schwingen zu bringen, so daß sein Herz jedesmal schneller schlug, wenn er sich ungeachtet seiner verfluchten Wissenslücken bemühte, seinen Sohn mit zuverlässigen Informationen zu versorgen.

Eines Donnerstagabends, ungefähr zwei Wochen vor Sommeranfang, sah sich Dr. Shapiro schließlich vor die Aufgabe gestellt, Nathan die Bedeutung einer Scheidung zu erklären. Es war ihm zuwider, ihr wöchentliches Idyll ausgerechnet durch diese Ansammlung betrüblicher Fakten zu stören, aber mittlerweile hatte er es seit fast einem Monat aufgeschoben, und ab Samstag würde er – unglaublich – mit seiner Familie nicht mehr unter einem Dach wohnen. Es mußte heute abend sein.

Es war ein windiger, naßkalter Abend ohne einen Hauch von Juni, und als sie in den fahlen, kaum sichtbaren Sonnenuntergang fuhren, spielte er mit dem Gedanken, ohne ein Wort wegzugehen, Nathan wirklich zu verlassen – wie es auf andere Weise vor einem Jahr sein eigener Vater getan hatte.

Die Überlegung, daß er immateriell war, in der Lage, einfach zu verschwinden, war schrecklich und verführerisch.
Gerade hatten sie die G. Earl King Memorial Branch verlassen, die sechste Zweigstelle auf ihrer Tour, und waren unterwegs zu Lucci's, dem italienischen Deli, in dem sie immer Zwischenstation machten. Nathan, der den ganzen Abend über ungewöhnlich still gewesen war, balancierte einen Stapel Taschenbücher auf seinem angewinkelten rechten Unterarm und versuchte, sie mit einer schnellen Handbewegung noch in der Luft zu fangen, bevor sie herunterfallen konnten. Immer wieder purzelten sie mit dem jäh abbrechenden Geflatter aufgeschreckter Tauben über den Vordersitz. Ein Taschenbuch traf Dr. Shapiro an der Wange, und der Junge zuckte vorsorglich zurück, damit sein Vater nicht zurückschlagen konnte, aber Dr. Shapiro reagierte nicht. Er hatte den Eindruck, als flöge die Straße unter ihnen hinweg, als wären sie an keine einzige rote Ampel gekommen, als könnte ihre rasante Fahrt durch nichts aufgehalten werden. Zu Lucci's waren es keine fünf Minuten mehr. Er wußte, daß er aus Gründen, die ihm selbst nicht klar waren, seinen Sohn meist in Restaurants mit schlechten Nachrichten oder Ermahnungen belastete, und diesmal wollte er es anders machen. Wenn er jetzt nicht den Mund aufmachte, würde er warten müssen, bis sie ihre fettigen rosa Baguettes gegessen hatten und unterwegs zur Zweigstelle in Cross Fork waren, der allerbesten, und dann würde er Nathan nicht die Vorfreude auf den Jugendliteratur-Saal mit den Topfpalmen und Mikrofiche-Lesegeräten verderben wollen. Er räusperte sich und verfluchte seine eigene Feigheit; er ahnte, daß er bis zum letzten Moment drum herumreden würde, um dann in der Dunkelheit ihrer Garagenzufahrt damit herauszurücken, während er mit einer plumpen Hand seinen Sohn am Aussteigen hinderte und mit der anderen den Motor abstellte, im Innenraum das Ächzen und Ticken eines Wagens am Ende der Fahrt.

»Tut mir leid, Dad«, sagte Nathan, schichtete seine Bücher nun reuig zu einem ordentlichen Stapel auf und faltete die Hände im Schoß.
»Schon gut«, antwortete Dr. Shapiro. Dann spürte er das Pulsieren seiner Wange an der Stelle, wo ihn das Buch getroffen hatte, ein schmerzendes Dreieck über dem Knochen. »Es war ein Versehen.«
»Ja, genau«, sagte Nathan. »Es war ein Versehen.«
Der Junge lächelte ihn mit krummen Zähnen an, und seine leuchtenden Augen hinter den schweren Brillengläsern wirkten unecht, leicht schief, als wäre sein Sohn eine Puppe von minderwertiger Qualität. Wie seine Patienten hatte auch Nathan ein fast herzzerreißend unscheinbares Gesicht, und Dr. Shapiro glaubte, darin die gleiche kurze Geschichte von Wut und Verwirrung lesen zu können. Hundertmal hatte er sich vorgenommen, nicht der Arzt seiner Söhne zu sein, weder auf die in ihren jähen Ungezogenheiten verschlüsselten Signale zu achten noch sie zu erforschen, seinen Kindern zu erlauben, ihn zu entwaffnen und zu verblüffen, doch als er Nathan ansah, merkte er ganz deutlich, daß der Junge, ob nun unterschwellig oder nicht, von der Angst, der Scham und dem Versagen wußte, die einzugestehen sein Vater einfach nicht über sich brachte, und daß er – aus Versehen – schon begonnen hatte, Vergeltung zu üben. Dr. Shapiros Wissen war plötzliche eine unerträgliche Last, ein eiserner Gürtel um seine Brust.
»Frag mich was, irgendwas«, sagte er zu laut und nahm den Fuß vom Gaspedal. Der Wagen wurde langsamer und kam dann mitten auf der Old Rolling Road zum Stehen, 500 Meter vor der nächsten Kreuzung. »Gibt es denn nichts, was du von mir erklärt haben möchtest?«
Nathan sah über seine Schulter zum Heckfenster raus und wandte sich wieder Dr. Shapiro zu. Er biß sich auf die Lippe und lächelte gleichzeitig das besorgte, nüchterne Lächeln

eines Mannes im Angesicht der Verrücktheit, der spielerischen Zerstörungslust eines Freunds auf einer Zechtour. Die Fahrer der wenigen Autos hinter ihnen hupten, scherten dann unwirsch aus und schüttelten wie zur Ermunterung die Fäuste. »Mach schon!« ermahnten sie ihn. »Gib's dem Jungen!« Einen Augenblick lang saßen sie ganz allein in ihrem Auto auf der leeren Straße, während Nathan nach dem Namen von irgendwas zu suchen schien, das er nicht kannte oder bis jetzt nie richtig begriffen hatte.

»Wenn ich ein Mutant wäre«, sagte der Junge schließlich mit Blick auf das knallbunte Titelbild eines der Taschenbücher, eines Romans mit dem Titel *Mehr als menschlich*, »würdet ihr es mir je sagen, du und Mom?«

Dr. Shapiro stieß einen Seufzer aus, der wie ein Lachen klang, müde und verhalten. »Nein«, sagte er. Vor Scham wandte er sein feuchtes Gesicht dem Fenster zu, konnte seinen Sohn nicht länger verschonen. »Ich glaube, das müßten wir dich schon selbst herausfinden lassen.« Er wappnete sich für den Satz, den er jeden Moment aussprechen würde, und trat aufs Gas. Der Wagen beschleunigte und rollte unbarmherzig auf die Kreuzung zu. Er öffnete den Mund zum Sprechen, schloß ihn wieder, öffnete ihn erneut.

»Dann weiß ich's wohl schon«, sagte Nathan, vor dem er versagt hatte, versagt vor der Aufgabe, ihn gegen die gefährliche Strahlung des Erwachsenseins, des Wissens, ja des Versagens abzuschirmen, restlos versagt.

An dem Tag, als sein Vater auszog, schickten Nathans Eltern ihn und Ricky mit seinem Freund Edward ins Einkaufszentrum, eine Entscheidung, mit der Nathan alles in allem einverstanden war. Irgendwie war er schon neugierig, wie es aussah, wenn der eigene Vater seine Sachen, seine Bücher, Platten und Pfeifen, zur Tür hinaustrug – er liebte jene seltenen Momente, wenn Dr. Shapiro seine bärtigen Backen aufblies und schwere körperliche Arbeit verrichtete –, aber heute morgen hatte er auf dem Boden im Schlafzimmer seiner Eltern kurz einen Whiskeykarton voller Hüte gesehen, und beim Anblick einer schwarzen russischen Mütze, deren Pelz gefältet war wie ein Gehirn und die sein Vater, wie Nathan sich erinnerte, an einem schwarzweißen Wintertag noch vor Rickys Geburt getragen hatte, war so große Sehnsucht und Wut in ihm hochgestiegen, daß er froh war, den Nachmittag im Huxley-Einkaufszentrum verbringen zu dürfen, um – eingehüllt vom süßen Duft der Kerzen und Seifen und dem bitteren Chlorgeruch der Springbrunnen – Pizza zu essen und sich Spielsachen zu wünschen.

Als sie nach Hause kamen, war ihr Vater schon weg. Mrs. Shapiro saß allein am Küchentisch. Als die Jungen hereinkamen, stand sie schnell auf, und nahm – noch ehe sie Ricky und Nathan umarmte – zwei Kaffeetassen und den Teller mit Krümeln vom Tisch und stellte sie in die Spüle, wobei sie merkwürdig errötete. In der feuchten Umarmung ihrer Mutter fühlte sich Nathan urplötzlich beengt, blind, von Panik ergriffen, wie manchmal, wenn er beim Spielen in einen Kühlschrankkarton oder engen Winkel kriechen mußte. Ungestüm riß er sich aus ihren Armen los und wich zurück.

»Wenn ihr beiden den ganzen Tag bloß heult«, erklärte er, »habe ich hier nichts verloren.« Er kam sich sehr böse vor, als er das sagte, und trat verwirrt den Rückzug an. Er ging aus der Küche und stieg die Treppe zu seinem Zimmer hinauf, wurde aber unweigerlich zur Tür des Elternschlafzimmers hingezogen. Sie stand einen Spalt offen, und er gab ihr mit der Spitze seines großen Zehs einen leichten Stoß, wie aus Angst, ein auf dem Bett schlafendes Tier aufzuschrecken. Er bemerkte die Vertiefungen im Teppich, wo seines Vaters Kommode, sein Schreibtisch und sein Kleiderschrank gestanden hatten, ein Muster aus zwölf kleinen Kreisen wie die

Punkte auf einem Dominostein. Nathan war nie in den Sinn gekommen, daß Dr. Shapiro die Möbel mitnehmen würde, und ihr Fehlen löste in ihm seltsamerweise Mitleid für seinen Vater aus, der sich jetzt mit so wenig behelfen mußte. Würde in dieser unvorstellbaren Wohnung ein Bett stehen? Würde es dort einen weichen Ledersessel mit verstellbarer Lehne geben?

Ungefähr eine Minute blieb er in der Mitte des halbleeren Zimmers stehen, bis sein Blick auf einen Papierkorb neben der Stelle fiel, wo der Schreibtisch seines Vaters gestanden hatte. Im Papierkorb waren hauptsächlich Pappdeckel von Hemden und Cellophanfolien aus der Reinigung, aber ganz unten erspähte er einen zusammengeknüllten gelben Briefbogen, den er herausfischte und auf dem Boden glattstrich. Es war eine Art Liste, die sein Vater aufgestellt hatte, und Nathan wußte sofort, daß es eine geheime Liste war und er später wahrscheinlich bereuen würde, sie gelesen zu haben, so wie ihn noch heute die Erinnerung an einen Liebesbrief quälte, den er in einer Schachtel im Keller gefunden hatte; ein Mädchen, das einmal Nathans Lieblings-Babysitter gewesen war, hatte ihn seinem Vater geschrieben. Nathan lag auf dem Bauch an der Stelle, wo nun kein großer Eichenschreibtisch mehr stand, und las, was sein Vater zu Papier gebracht hatte. Die Handschrift war beherrscht und streng, als wäre Dr. Shapiro beim Schreiben wütend gewesen.

»VORSÄTZE«, las Nathan: »1. Ich werde nie wieder gegenüber meinen Kindern laut werden oder die Hand gegen sie erheben. 2. Ich werde von keinem Mann und keiner Frau Schlechtes denken, denn niemand kann sich von gemeineren oder eigennützigeren Motiven leiten lassen als ich. 3. Ich werde aufhören, meine Mutter und meinen Vater mit Vornamen anzureden, und werde danach streben, das zurückzugewinnen, was ich verloren habe, als sie Milton und Flo für mich wurden. Das heißt, ich werde meine Eltern lieben.

4. Ich werde nicht mehr behaupten, Bücher gelesen zu haben, die ich nicht gelesen habe, oder von Ereignissen bestätigt worden zu sein, die ich nie vorausgesehen habe. 5. Ich werde aufhören, Nathan mit dieser paralysierenden Liebe zu Fakten anzustecken, und auch ich werde sie nicht mehr voller Besitzgier horten, wie ich das bisher getan habe. 6. Ich werde ein besserer Vater sein. 7. Ich werde jeden Morgen Bartók hören und vor dem Schlafengehen Mozart. 8. Ich werde alle Ambitionen aufgeben bis auf die eine, die mir lieb und teuer ist seit meinem 19. Lebensjahr, als ich meine erste Liste mit zehn Vorsätzen aufstellte – Kunst, Sport, Wissenschaft, Literatur und Musik zu lieben und zu verstehen und eines Tages ein wahrer Renaissancemensch zu werden. 9. Ich werde diese Liste nicht wegwerfen.«

Während ihn ein flaues Gefühl beschlich und leichtes Entsetzen wie beim Anblick der Abbildungen vom Inneren des menschlichen Körpers in den medizinischen Büchern seines Vaters, stellte der Gedanke, daß Dr. Shapiro Nummer neun schon gebrochen hatte, einen kleinen Trost für Nathan dar. Er nahm den Zettel in beide Hände, zerknüllte ihn wieder, biß hinein, zerriß ihn. Das Telefon klingelte, und an dem leisen, fragenden Ton von Rickys Stimme in der Küche merkte er, daß Dr. Shapiro dran war. Gleich würde er seinem Vater etwas sagen müssen, etwas, was sein Vater nie vergessen würde, weil es das erste war, was Nathan unter diesen neuen und bemerkenswerten Umständen zu ihm sagte. Nathan hoffte – und er betete ganz schnell zu Gott, während er auf den Knien auf und ab wippte –, daß sein Vater die anderen acht Vorsätze auch alle brechen würde, daß er seinen Söhnen weiterhin den Hintern versohlen, bei Musik von Harry Belafonte und Doris Day einschlafen und die wichtigsten Berge der Welt der Höhe nach auswendig lernen würde. Keines dieser Dinge schien Nathan auch nur die geringste Bedeutung zu haben, und doch hatten sie

Dr. Shapiro aus dem Haus getrieben, in dem er so viele Jahre als eine Art Riese gewohnt hatte, über alles geliebt und nur selten gefährlich, ein intelligenter geschickter Bär, der eine Unmenge Tricks auf Lager hatte. Nathan merkte an der Liste, daß Dr. Shapiro nichts davon ahnte, welche ständige Freude er seinen Söhnen bereitet hatte oder welche Legenden und Sagen sich um seinen Namen rankten. Wie unmöglich war das Leben eines Vaters! dachte Nathan. Der beste Mann der Welt konnte tausend Seiten mit schönen Vorsätzen füllen und sich dennoch gezwungen fühlen, beschämt sein Heim zu verlassen.

»Hör mal, Dad«, sagte Nathan, als er das Telefon abnahm und sich auf die verwaiste Bettseite seines Vaters warf, »ich habe nachgedacht. Also ehrlich. Du kannst nach Hause kommen, wann immer du willst.«

»Ich weiß«, sagte Dr. Shapiro.

»Du bist ein guter Vater gewesen, Dad«, sagte Nathan und hielt das kleine, zerrissene gelbe Papierknäuel fest in seiner Hand umklammert. »Du bist der beste Vater der Welt gewesen.«

»Danke«, sagte Dr. Shapiro, aber er sagte es abstrakt, ein wenig zu schnell, als wäre es nur eine Antwort, als wären seine Gedanken bei schwierigeren, wundersameren Dingen.

Admirale

Nathan stemmte die Turnschuhe gegen den Sitz seines Vaters und horchte gespannt und beklommen auf die Anfangstakte des Songs im Autoradio. Er hatte keinen blassen Schimmer. Sein Vater stellte ihm schon solche Quizfragen, solange er zurückdenken konnte, und folglich kannte Nathan die Präsidenten der Vereinigten Staaten (in der richtigen Reihenfolge), die Hauptstädte aller fünfzig Bundesstaaten, die Provinzen Kanadas und die Staaten Europas mitsamt ihren Hauptstädten (einschließlich Vaduz), die großen Erfindungen und ihre Erfinder, die wichtigsten Flüsse der Welt in der Reihenfolge ihrer Länge, berühmte schwarze und jüdische Amerikaner und ihre Taten, Götter und Helden der griechischen Antike, Planeten und Monde des Sonnensystems sowie zwei Dutzend weitverbreitete Phobien, einschließlich der Pantophobie, der Angst vor allem.
Leider war das Tagesthema Rockmusik, und das Quiz fand zu Ehren von Anne statt, Dr. Shapiros Freundin, die als Betreuerin in dem Kinderkrankenhaus arbeitete, in dem Nathans Vater Psychiater war. Sie waren unterwegs zu einem Motel in Annapolis (der Hauptstadt Marylands), obwohl Annapolis nur eine halbe Stunde von Ellicott City entfernt war, wo Nathan, sein Bruder und ihre Mutter wohnten. Den ganzen Morgen über hatte es leicht geregnet, die Luft war kühl für Mai, und Nathan machten diese Pseudo-Ferien irgendwie angst. Dr. Shapiro stellte das Radio lauter und sah kurz über die Schulter zu Nathan, ehe er Anne anblickte, um sich zu vergewissern, daß sie bei der Sache war.
»Okay«, sagte Dr. Shapiro und wedelte mit einer Hand in

der Luft rum, als wolle er Nathan in eine enge Parklücke einweisen. »Wer ist das?«

»David Bowie«, sagte Ricky, Nathans kleiner Bruder. Er beugte sich vor und gab Anne einen Klaps auf den Hinterkopf, der für die Jungen vom Rücksitz aus eben noch zu sehen war. Ricky – sieben, anhänglich, reizbar und nicht zu bändigen – hatte David Bowie einmal im Kostüm eines Navajos vom Jupiter im Fernsehen gesehen und war davon schwer beeindruckt gewesen.

»Still, Ricky«, sagte Dr. Shapiro.

»Nathan?«

Seit der Scheidung seiner Eltern vor eineinhalb Jahren interessierte sich Nathan für Rockmusik, doch bis auf die Songs der Beatles, die er recht gut kannte, und ein paar Titel von den Rolling Stones war dieses Thema nicht gerade seine Stärke. Nathan taten schon die Knie weh, die er fest gegen den Sitz seines Vaters drückte, und während er in Gedanken wahllos die Namen von Bands und Sängern durchging, drohte er kurz die Nerven zu verlieren, bis ihm einfiel, daß dieses Quizthema neu war. Diesmal kannte sein Vater die richtige Antwort ebensowenig wie er. Er konnte jeden beliebigen Namen nennen.

»Eric Clapton«, sagte Nathan in lässigem Ton und behielt den Hinterkopf seines Vaters im Auge, um dann, plötzlich von neuer Angst ergriffen, rasch zu Anne hinüberzusehen, ob sie seinen Bluff durchschaute. Sie war jünger als sein Vater, und voller Schreck fiel Nathan ein, daß sie ihm erzählt hatte, auf dem Ehemaligentreffen ihres College habe Buffalo Springfield gespielt.

»Eric Clapton?« wiederholte sein Vater. »Richtig! Ist das nicht unglaublich, Anne?« Sie lächelte. »Höchstens zehn oder zwölf Takte, und schon hatte er's raus.«

»Toll.« Anne drehte den Kopf, um Nathan anzulächeln. Anne war wirklich sehr nett, machte sich Nathan klar, hatte dann aber ein schlechtes Gewissen, weil ihm dieser Gedanke nicht von allein gekommen war. Er hatte Anne immer gemocht – hatte sie genaugenommen sogar geliebt, als sie nur die Kinderbetreuerin des Krankenhauses gewesen war, in dem sein Vater arbeitete. Er und Ricky hatten ganze Tage in Annes Spielzimmer damit verbracht, Eisstielchen zusammenzukleben und bunte Topflappen zu weben, die sie dann ihrer Mutter mitbrachten, und meistens ließ Anne ihnen mittags etwas vom Chinesen kommen und kaufte ihnen Comics. Doch seit sie die Freundin seines Vaters war, kam ihm ihre ganze frühere Freundlichkeit mit einem Mal verdächtig vor. Er vermied es, von ihr umarmt zu werden, und setzte sich nicht neben sie.

»Das ist David Bowie«, krähte Ricky. »Frag mich, Dad. Frag mich.«

»David Bowie«, sagte Dr. Shapiro. »Du steigst gleich aus.«

Sie fuhren an einem Schild nach Annapolis vorbei. »Mick wohnt in Annapolis«, sagte Ricky. »Hat Mom erzählt.«

»Wer ist Mick?« fragte sein Vater.

Ohne genau zu wissen warum, schlug Nathan seinen Bruder auf den Arm – fest, viel fester, als er eigentlich vorgehabt hatte –, und Ricky fing an zu weinen, hörte dann aber auf und sah Nathan mit krauser und geröteter Stirn an.

»Äh – irgend so ein Blödkopf«, sagte Ricky und stellte sich tapfer dumm. »Mick, dick, tick, kick, hick.«

Der Song war zu Ende, und Nathan sank der Mut, als ihm klar wurde, daß der Diskjockey im nächsten Augenblick den Namen des Sängers nennen würde. Ricky langte mit stokkendem Atem am Ende seines Zauberspruchs an. »Fick«, flüsterte er hinter vorgehaltener Hand. Einen kurzen Moment sah er verdutzt zu Nathan, dann lächelte er voll Entsetzen und Wonne, immer noch mit Tränen in den Augen.

»Wir sind da«, sagte Anne und schaltete das Radio aus.

Nathans Mutter hatte seit der Scheidung vier Freunde gehabt, und bis auf Mick hatte Nathan alle gemocht. Die ersten drei Freunde trugen alle Bart und Brille wie Nathans Vater und fuhren behäbige, spießige ausländische Autos. Sie waren alle sehr bemüht gewesen, sich mit Nathan anzufreunden, und deshalb hatte auch er sich bemüht; die Folge waren Baseballspiele, Lakritzschnecken und Gespräche über Naturwissenschaften. Nathan war jedesmal traurig gewesen, wenn der Freund nicht mehr zum Essen kam und seine Anrufe ausblieben, aber nicht so traurig wie seine Mutter.

Von den vielen neuen Dingen, die sich nach der Scheidung ergeben hatten – seine Mutter im Kostüm, wie sie glücklich zur Arbeit aus dem Haus geht, Nathan beim Kochen in der Küche, während das Radio plärrt –, war am beunruhigendsten der Anblick ihrer Mutter, wenn sie weinte; das hatte sie nicht mal beim Tod des Großvaters getan, doch nun hatten ihre Söhne sie schon mindestens zehnmal dabei beobachtet.

Und nun mutete Mick, ein Taxiflieger, ihrer Mutter noch größere Gefühlsschwankungen zu. Er fuhr einen italienischen Wagen mit nur zwei Sitzen. Wenn Mick sie an Freitagabenden versetzte, war ihre Mutter vor Eifersucht ganz außer sich und verbrachte den Abend damit, einen ganzen Roman zu verschlingen oder stundenlang mit ihren Freundinnen zu telefonieren. Sie verwöhnte die Jungen dann mit Popcorn, Brettspielen und Rommépartien, wobei sie die ganze Zeit leicht wehmütig lächelte. Im letzten Winter war sie eines Abends sehr spät in Stiefeln die Treppe runtergekommen, hatte ihren Mantel angezogen und war ausgegangen, um eine Stunde später weinend zurückzukehren. Am nächsten Morgen fand Nathan sie in ihrem langen Morgenmantel auf der Treppe, im Schoß die zusammengerollte Sonntagszeitung. Er griff nach der Zeitung, nahm sie und

schlug sie lachend auf, als sei seine Mutter bloß geistesabwesend.
»Mom«, sagte er. »Wo bist du gestern abend gewesen?«
Weinend erzählte sie es ihm; nach jedem Schluchzer stockte sie, weil sie den Atem anhielt. Und bei einem Frühstück, zu dem Nathan Kaffee trank, während sein Bruder oben im Fernseher Zeichentrickfilme sah, vertraute ihm seine Mutter andere, weniger schreckliche Geschichten an, wie sie Mick nachspioniert hatte, und dabei hatte Nathan beinahe körperlich spüren können, wie er älter wurde.
Sogar jetzt, in Gesellschaft seines Vaters, spürte er es. Dr. Shapiro borgte sich für einen Dollar 25-Cent-Stücke von Nathan, um die Parkuhr zu füttern, und Nathan zitterte, als er seinem Vater zum erstenmal etwas lieh. Sie gingen in eine Buchhandlung, wo sie sich über die Liebesromane lustig machten und abwechselnd eine Geschichte des Schachs durchblätterten. Dr. Shapiro entdeckte einen Restaurantführer von Maryland, und nachdem er eine Auswahl von drei Lokalen getroffen hatte, ließ er Nathan bestimmen, in welchem sie zu Mittag essen sollten. Nach sorgfältiger Lektüre der Kurzkritiken fiel Nathans Wahl schließlich auf ein Fischlokal am Hafen, das Bonhomme Richard hieß und dessen Spezialität Scampi waren, das Lieblingsgericht seines Vaters. Mit Anne und Ricky im Schlepptau verließen sie die Buchhandlung und schlugen den Weg zur Bucht ein. Die morgendlichen Wolken verzogen sich endlich, es schien die Sonne; sie schlenderten in den Vorraum von Bonhomme Richard, und während der wenigen kurzen Augenblicke, ehe sie Mick in Begleitung einer Frau trafen, erkannte Nathan ganz deutlich, wie bald der Tag kommen würde, an dem er in ein Fischlokal gehen und sich, wie auf den Nachtisch, auf einen hellbraunen Cocktail freuen konnte. Dann sah er in dem Vorraum Mick, der gerade einer Frau mit rotem Haar in den Regenmantel half.

»Der sieht aus wie meiner«, sagte Ricky, unmittelbar bevor er Mick bemerkte. »He!«
Es stimmte. Die Dame trug einen Gummimantel, knallgelb wie ein Taxi, mit abnehmbarer Kapuze. Mick hielt ihr den leeren Ärmel hin, und sie lächelte Ricky zu, wie Fremde es oft taten. Nathan packte seinen kleinen Bruder am Arm, so sanft er eben konnte, und schob ihn in Richtung ihres Vaters und Annes, die bereits in den Speisesaal verschwanden. Während die Jungen ihnen folgten, kämpfte Nathan – wie Orpheus und Lots Frau – gegen den Drang, sich umzudrehen und noch einen Blick auf den gutaussehenden, geheimnisvollen Flugzeugpiloten und die Dame in dem Kinderregenmantel zu werfen. Schließlich gab er der Versuchung nach und mußte irritiert feststellen, daß auch Ricky sich umgedreht hatte.
»Nicht gucken«, sagte Nathan.
»Du guckst doch auch«, sagte Ricky.
Sie beobachteten, wie Mick einen Dollar Trinkgeld auf das kleine Tablett mit Geld legte und dann den Arm der Frau nahm; als sie strahlend zu ihm aufblickte, pustete Mick ihr ins Gesicht, so daß ihr roter Pony zerzaust wurde; dann gingen sie lachend auf die Jungen zu. Sie waren ein glückliches Paar. Es war schlimm. Nathan dachte an eine lang zurückliegende Zeit, damals in Richmond, Virginia, als seine Eltern auf der Schwelle des Kinderzimmers gestanden und einander im Arm gehalten hatten; sie hatten sich in die Augen gesehen und dann den kleinen Nathan betrachtet, der nackt auf dem Bett herumgehüpft war. Nathans Vater hatte seine Mutter Rosie genannt, das erste und einzige Mal, und Nathan hatte mit dem Herumgehüpfe aufgehört.
»Rosie!« hatte er gerufen.
»Da ist Dad«, sagte Ricky.
Ihr Vater kam mit ausgebreiteten Händen auf sie zu und zog in gespieltem Ärger eine Augenbraue hoch.

»Wir kommen schon«, sagte Nathan. »Dann mal los.«
»Was habt ihr denn da gesehen?« fragte Dr. Shapiro.
Sie setzten sich, und Nathan schlug die Speisekarte auf. Zuerst war er so durcheinander, daß er nichts anderes tun konnte, als auf die Beschreibungen all der verschiedenen Gerichte zu starren. Am Rand der Speisekarte schwammen bunt gemalte Fische – Schellfisch, Kabeljau, Scholle, Seezunge und der Fisch mit dem häßlichen Kopf, der Seeteufel hieß. Nathan fühlte sich den Tränen nahe – als wäre er plötzlich und unwiderruflich der Gesandte seiner Mutter in Annapolis und der ganzen Welt.
»Schau mal«, sagte Ricky. »Admirale.«
Sie hatten einen Platz in dem Teil des Restaurants zugewiesen bekommen, der über das Wasser ragte, ein Fenstertisch. Auf der anderen Seite des Raums, an einer anderen Fensterreihe, stand die Bar, an die sich gerade lauter Marineoffiziere in weißen Uniformen gesetzt hatten, über zwanzig, eine ganze Horde Admirale. Ihre umgedrehten Mützen lagen überall auf der Theke; die Mittagssonne fiel auf ihre breiten Schultern und ließ ihre blendendweißen Jacken hell aufleuchten. Die Männer wirkten alle stattlich und glücklich, die Cocktails in ihren Händen funkelten, und Nathan freute sich über die elegante Limone in einem Gin Tonic.
»Was nimmst du, Nathan?« sagte sein Vater.
»Wieviel darf es kosten?« fragte er, denn alles, was gut klang, war teuer. In der Regel bestellte Nathan am liebsten Gerichte, die besonders viele Zutaten und in der Beschreibung die meisten Adjektive enthielten. Sein Vater schüttelte den Kopf und tat Nathans Frage mit einer Handbewegung ab.
»Du kannst bestellen, was du möchtest.« Das sagte er immer, und es war eines der viertausend Dinge, für die Nathan ihn vergötterte.
Der Kellner kam und zog für Ricky eine Show ab – er schüttelte knallend eine Serviette aus, mixte Rickys Kakao direkt

am Tisch, goß die Milch erst knapp über dem Rand, dann aus großer Höhe ins Glas, hob den Arm und ließ ihn wieder sinken, als wäre die Milch ein weißes Gummiband. Dr. Shapiro bestellte Scampi und stand dann auf, um telefonieren zu gehen.

Das war noch so ein neues und beunruhigendes Phänomen. Nathan wußte, daß sein Vater gern dabei war, wenn die Jungen bestellten, um seine rituelle Anerkennung oder Überraschung kundzutun. Aber während der letzten Monate hatte Dr. Shapiro die Angewohnheit entwickelt, plötzlich zu verschwinden, in Restaurants und Kaufhäusern einfach wegzugehen, um sich nach Telefonzellen umzusehen, ganz darauf bedacht, »in Verbindung zu bleiben« – mit den Eltern seiner Patienten, dem Krankenhaus, seinen pakistanischen Kollegen. Er telefonierte so regelmäßig und verläßlich, daß Nathan diese pflichtschuldigen Anrufe allmählich mit denen verglich, die er und sein Bruder zweimal die Woche von ihm erhielten. Ricky freute sich anscheinend über diese Gespräche, aber Nathan (und er vermutete, seinem Vater ging es genauso) fand sie nicht nur schwierig, sondern auch irgendwie ungerecht.

Anne und Nathan sahen einander an und lächelten sich spöttisch zu, als wäre Dr. Shapiros neuer Telefonfimmel bloß komisch. Kurz darauf verschwand der Spott auf Annes Gesicht. Sie sah ihrem Freund mit gerunzelter Stirn nach, wandte sich dann Nathan zu und versuchte, wieder zu lächeln. Es war, als hätte sie einen Augenblick die Maske fallen lassen und ihm erklärt, daß es in Ordnung sei, sich Sorgen zu machen, daß um sie herum tatsächlich etwas Ungewöhnliches passierte. In diesem Moment merkte Nathan, daß er sie liebte. Aber dann lächelte sie.

Als Ricky die fritierten Riesenshrimps bestellte (er hatte gerade einen absurden Shrimps-Tick), warf er das volle Kakaoglas um. Seine Entschuldigungen klangen so aufgeregt und

ehrlich, daß einige der imposanten Admirale von der anderen Seite des Restaurants zu ihnen herübersahen und herzlich lachten; das Glas war trotz allem heil geblieben. Ricky lächelte und wurde wieder ruhiger. Als ihr Vater zurückkam und sich über den Bart strich, beugte Ricky sich zu ihm vor. »Dad, die Admirale haben über mich gelacht«, sagte er. »Von ganz da drüben.«
Anne nahm Nathans Hand und flüsterte ihm etwas ins Ohr. »Es war nicht Eric Clapton«, sagte sie ihm und wurde rot.
»Oh.« Nathan beobachtete seinen Vater, der mit leerem Blick voller Ehrfurcht auf das platingraue Wasser hinaussah, als gleite dort ein prächtiger Ozeanriese vorbei.
»Es waren die Rolling Stones«, sagte sie. »Es war ›We Love You‹.«

Als sie aus dem Restaurant kamen, nieselte es wieder, und sie hasteten durch die Straßen von Geschäft zu Geschäft. In einem gab es alte Tische und Stühle, in einem anderen Kunsthandwerk-Spielsachen – bemalte Clowns, Marionetten und an Schnüren aufgereihte Holzenten und -küken zum Nachziehen. Daher trennten sie sich. Seit einiger Zeit interessierten sich Dr. Shapiro und Anne für alte Möbel, und obwohl Nathan sich eine Zeitlang bemüht hatte, ihr Interesse zu teilen, wie dies ein Erwachsener getan hätte – die durch Abnutzung gesplitterten Stellen eines Korbsessels zu begutachten, einzusehen, daß Tische wichtig sein konnten –, fiel ihm dies nicht leicht, und als Ricky den Spielzeugladen nicht sofort erspähte, machte ihn Nathan darauf aufmerksam. Er wartete auf Rickys Jubel über die Entdeckung und setzte dann eine Duldermiene auf, als sein Vater ihm sagte, er müsse seinen Bruder in den Laden begleiten.
Sie fanden rasch heraus, daß die meisten Kunsthandwerk-Spielsachen im Schaufenster lagen und es eigentlich ein ganz normaler Spielwarenladen mit herrlichen, ganz normalen

Spielsachen war. Ricky war außer sich vor Freude. Er schoß mit einer funkensprühenden und aufheulenden Laserpistole auf Nathan, setzte sich eine kleine Taucherbrille auf und tutete durch den Schnorchel, ließ alle batteriebetriebenen Spielsachen piepsend über den Ausstellungstisch krabbeln und jauchzte glücklich, wenn sie zusammenstießen. Immer wenn Nathan in letzter Zeit in Spielwarenhandlungen ging, beschlichen ihn die verwirrendsten Gefühle, und nun stand er mit den Händen in den Taschen neben einer Glasvitrine voller winziger Ritter, Soldaten und Tiere und sah geistesabwesend zu, wie sein Bruder ein Chaos unter den Spielsachen anrichtete.

Unter den Nippes oder Vasen zu Hause bei ihrer Mutter richtete Ricky nur wenig Schaden an, aber er war gereizt, trat um sich und kreischte; in Gegenwart ihres Vaters war er fröhlich und raffiniert, hatte zu allem etwas zu sagen, aber man durfte ihn nicht in die Nähe irgendwelcher teurer Dinge lassen, und in seinen Händen gingen manchmal auch die stabilsten Sachen kaputt. Die Nerven ihrer Mutter hatten einen Knacks wie Dr. Shapiros Pfeifen und Whiskeygläser. Wenn Ricky nicht dabei war, wurde in einem Ton über ihn gesprochen, bei dem Nathan nicht ganz wohl war, denn alle schienen anzunehmen, daß Ricky irgendwie ein Problem hatte oder bald zu einem Problem werden würde – und wenn Nathan etwas darüber nachdachte, hieß dies praktisch, daß auch er ein Problem war, nur eben älter.

»Nate! Nate!« rief Ricky von irgendwo vorn in dem Spielwarenladen. Nathan warf einen letzten Blick auf das winzige Pferd mit dem Kreuzritter, das sich auf einem metallenen Rasenstück bäumte – das einzige Stück in dem Laden, das er auch ein wenig begehrte –, dann ging er auf die Suche nach seinem Bruder. Ricky stand auf Zehenspitzen und klammerte sich an die Oberkante der niedrigen Holzwand, die verhindern sollte, daß man die Spielsachen im Schaufenster

berührte; er blickte an all den Entenküken und Marionetten vorbei auf etwas draußen auf der Straße.
Zuerst sah Nathan das tolle Auto. Es war wie eine der Bildtafeln in dem Wälzer, den er zu seinem elften Geburtstag geschenkt bekommen hatte, *Die Geschichte des Automobils* – ein Cord, vielleicht auch ein Duesenberg oder ein Stutz, jedenfalls gehörte es zu jenen ausgestorbenen Autotypen, die wie kleine Villen auf Rädern aussahen, mit Vorhängen, Türgriffen, kleinen Scheinwerfern und Trittbrettern wie lange Veranden. Und wie auf den Abbildungen, die Nathan auf der Toilette oder unter der Bettdecke stundenlang betrachtet hatte, ging von dem Auto etwas Luftloses und Künstliches aus – etwas, was so tot und unwirklich war wie das rekonstruierte Skelett eines Allosaurus oder Triceratops in einem Museum. In seiner Familie wurde immer wieder die berühmte Geschichte erzählt – sogar Anne kannte sie –, der zufolge Nathan im Alter von vier Jahren seine Eltern einmal gefragt hatte, was zuerst dagewesen sei, die Dinosaurier oder die Oldtimer. Manchmal schien es ihm noch heute so, daß alles, was vor seiner Geburt lag – Pearl Harbor, Hieroglyphen, Katapulte, der Tag, an dem sich seine Eltern verliebt hatten –, gleich alt und interessant, mysteriös und vergangen war.
»Ein Millionär«, sagte Ricky.
»Ein Playboy«, sagte Nathan.
Der Mann stand mit einem Fuß auf dem Trittbrett im Nieselregen und blickte starr zu der fernen Bucht. Er trug einen blauen Blazer mit einem Wappen auf der Brusttasche, eine weiße Hose, keine Socken und blaue Segeltuchschuhe. In der einen Hand hielt er lässig eine Bruyèrepfeife, in der anderen ein goldenes Feuerzeug. Er stand weder krumm noch gerade da, und Nathan paßte seine Haltung sofort der des Playboys an, am meisten bewunderte er an dem Mann jedoch das kurze silberne Haar, die makellosen Falten an den Augenwinkeln und das verhaltene Lächeln.

»Siehst du die silbernen Haare?« fragte Nathan. »Wenn ich alt bin, möchte ich solche Haare haben.«
»Sie sind grau«, sagte Ricky. »Schafft das Auto hundertfünfzig Spitze?«
»Hundertfünfzig Spitze schafft jedes Auto«, sagte Nathan, ganz älterer Bruder. »Dieses Auto ist nur zum Anschauen da. Fahren tut man damit nicht.«
Ihr Vater tauchte auf dem Bürgersteig vor dem Spielwarenladen auf, und er und der Playboy grüßten einander.
»Dad redet mit ihm«, sagte Ricky.
»Man darf mit solchen Leuten reden, wenn sie so neben ihren Autos stehen«, sagte Nathan. »Das haben sie gern.«
Dr. Shapiro ging auf den Mann mit dem silbernen Haar zu und deutete auf sein Auto. Der Mann nickte höflich, lächelte aber nicht. Neben ihm wirkte ihr Vater klein, durchnäßt, glatzköpfig und irgendwie schlampig, und die wedelnde Hand, die er zu dem wuchtigen Kotflügel des Autos ausstreckte, schien sich – vergebens – festhalten, anklammern zu wollen. Der Playboy sagte etwas und sah dann wieder weg. In diesem Moment wurde Nathan klar, daß sein Vater ein Mann war, dem ein Playboy möglichst aus dem Weg ging. Dann kam eine Frau mit Einkaufstüten in den Händen auf die Männer zu – eine Fernseh-Blondine, die einen aschgrauen Trenchcoat und eine Menge Make-up trug; sie war sehr groß und hatte schöne Zähne. Sie wirbelte ihren Schirm über dem Kopf herum, so daß die Tropfen wie ein Wasserfeuerwerk von ihr wegspritzten.
»Eine Schauspielerin«, sagte Ricky und kniff Nathan in den Arm.
Der Playboy nickte Dr. Shapiro noch einmal zu, dann ging er um das Auto herum und hielt die Tür für die Schauspielerin auf, die ihn mit einem Blick ansah, den Nathan wiedererkannte. Er hatte beobachtet, wie seine Mutter Mick mit diesem Blick ansah, und zweifellos hatte sie auch seinen Vater

einmal so angesehen – mit diesem Blick, der nun, da er ihn erkannte, all das auszudrücken schien, was nach Nathans Vorstellung sexuelles Verlangen ausmachte, ein Blick voll sanfter, mißtrauischer Offenheit aus großen feuchten Augen. Dann stiegen sie ein und fuhren davon; lautlos, ohne Quietschen, wie ein Segelschiff glitt der Wagen aus der Parklücke in die Straße.
»Du hast gelogen«, beschwerte sich Ricky. »Er fährt doch.«
»Sieh dir mal Dad an«, sagte Nathan.
Dr. Shapiro blieb noch einen Augenblick stehen, sah dem tollen Auto nach und wischte sich den Regen von der Brille, den Kopf leicht abgewandt, als horche er auf das verklingende Gelächter des Paars.
»Er ist bloß Psychiater«, sagte Ricky.
»Da kommt er«, sagte Nathan. Er packte Ricky und zerrte ihn in den Gang mit den Brettspielen. Als ihr Vater hereinkam, war er tropfnaß und kaufte seinen Söhnen mehrere tolle Sachen, um die sie nicht gebeten hatten.

Als er in jener Nacht im Motelzimmer neben seinem Bruder lag, horchte Nathan auf die Menschen, die rings um ihn schliefen; Ricky schnarchte leise. Nathan konnte das Brummen der Eismaschine auf dem Flur hören, das Ticken der Armbanduhr seines Vaters auf dem Nachttisch und das allgemeine, halb eingebildete Gemurmel, das alle Motels nachts von sich geben. Anne hatte die Vorhänge zugezogen; in dem Zimmer war es so dunkel, daß Nathan helle Farben zu sehen begann, leuchtende Perserteppiche. Seit einiger Zeit litt er unter Nachtangst, und obwohl er sich immer wieder über alles in seinem Leben klarzuwerden versuchte, was ihn möglicherweise bedrücken konnte – die Mahngebühren der Bibliothek, die Blamage, als er vor kurzem bei der Prüfung am Barren durchgefallen war, seine Angst vor der High School –, konnte er nicht entscheiden, was ihm Nacht für

Nacht Bauchschmerzen machte und ihn wach hielt. Es war, als versuche er, sich an die Antwort auf eine der Fragen seines Vaters zu erinnern. Er drehte sich auf den Rücken, die Motellaken knisterten, und nach einer Weile döste er langsam ein, und die Farben verblaßten vor seinen Augen. Ricky hustete einmal drohend im Schlaf. Dann, kurz bevor Nathan einschlief, kam ihm ein Bild in den Sinn. Er lag wie Moses in einem Körbchen, trieb zwischen dem Rohr auf dem Wasser, und seine Eltern standen über ihm am Ufer, hielten einander im Arm und sahen auf ihn herab. Sie sangen ihm etwas vor. »We love you«, sangen sie.

Die Halloween-Party

Immer wenn Nathan Shapiro Eleanor Parnell betrachtete, war es, als sähe er sich ein durchsichtiges Klappbild in der *World Book Encyclopedia* an. Im Geist blätterte er hin und her zwischen der schwarzhaarigen, kettenrauchenden, vollbusigen Frau, die eine tiefe Stimme hatte, ein rotes Futteralkleid oder eine knallenge Latzhose trug und mit einer anmutigen Bewegung eine weitere Flasche kalifornischen Rosé entkorkte, und der zerstreuten, großen, freundlichen Frau in etwas Kariertem, die ihn Jahr für Jahr mit Colas und scharf gewürzten Schinkensandwichs verpflegt hatte, der er seit nun sieben Herbsten das Laub zusammenharkte und die immer noch irgendwo unter der neuen Eleanor lag, wie das Skelett eines Frosches unter dem leuchtenden Chaos seines Blutkreislaufs.

Erst seit Nathan vierzehn geworden war und ganz ohne sein Zutun die unbekümmerten Gespräche von Geschiedenen mitbekam – jenen fünf oder sechs komischen, traurigen Frauen, mit denen seine Mutter sich umgeben hatte –, war ihm aufgegangen, daß Eleanor Parnell eine Frau war, die schlechte Angewohnheiten hatte und deren Unternehmungen in Katastrophen endeten. Es hieß, sie backe und verzehre Marihuana-Plätzchen und verbringe Heiligabend gern allein in Las Vegas, um Blackjack zu spielen. Sie fuhr ihren scharlachroten Alfa Romeo mit der Hemmungslosigkeit eines Menschen, der, wie Mrs. Shapiro betonte, in seinem Leben immer viel Pech gehabt hatte.

Eleanor hatte zwei siegreiche Jahre in der L.P.G.A.-Tour Golf gespielt; sie war damals kaum älter als Nathan, doch dann war sie von einem Pferd gefallen und hatte sich den linken Ellbogen gebrochen. Nathan hatte einmal ihre Trophäen gesehen, in einer Vitrine oben in Eleanors und Major Rays Schlafzimmer. Beim Bankrott ihrer Immobilienfirma hagelte es Prozesse und Drohungen mit strafrechtlicher Verfolgung, von denen Nathan und seine Mutter in der *Huxley New Idea* und später sogar in der *Washington Post* gelesen hatten. Cayenne, ihr im New-Orleans-Stil gehaltenes Restaurant in der Huxley Mall machte nach nur wenigen Monaten zu. Außerdem hatte es ein blasses Baby gegeben, einen Rotschopf namens Sullivan, dem ein so kurzes Leben beschieden gewesen war, daß Ricky, Nathans kleiner Bruder, sich nicht einmal an ihn erinnerte.

All diese Geschichten von Schicksalsschlägen, all die Melancholie unter Eleanors Augen und um ihren Mund hatten die – für Nathan – überraschende Wirkung, daß er sich hilflos in sie verliebte. Es begann irgendwann im August, als er, nach einer Unterbrechung von mehreren Jahren, wieder an seine altvertraute Gewohnheit anknüpfte, jeden Tag dem Haus der Parnells einen Besuch abzustatten und sich bei einer Limonade mit Eleanor zu unterhalten. Anfangs wurde er schlicht von der Einsamkeit und der Traurigkeit der Langeweile zu ihr getrieben. Ricky war weg – er war im Frühjahr zu ihrem Vater nach Boston gezogen –, und während der öden, spektakulären Nachmittage im August war das Haus bedrückend leer. Den ganzen Monat über mußte Mrs. Shapiro, die Krankenschwester war, bis spätabends auf ihrer Station arbeiten, deshalb aß Nathan öfter als sonst mit seinem Freund Edward St. John und Edwards unkonventioneller Familie zu Abend, und er war froh, daß er die letzten Nachmittage des Sommers ein paar Häuser weiter bei den Parnells verbringen konnte. Major Ray – Major Raymond Parnell aus Galveston in Texas – kam nicht vor sieben Uhr vom Stützpunkt nach Hause, und Nathan saß bis zu Major Rays lärmender Ankunft immer in der Küche und sah zu, wie Eleanor Zigaretten rauchte und Zitronen in ihre Diät-Cola preßte, wovon sie am Tag fast zwei Liter trank – genug, wie Major Ray oft erklärte, um einen Toten wieder auferstehen zu lassen. Sie fragte Nathan nach seiner Meinung zu Frisuren, Inneneinrichtungen, Ökologie, Religion und Musik, und er äußerte sich stets nur nach reiflicher Überlegung in einem lässigen, launischen, spitzfindigen Ton, den er, ohne sich dessen bewußt zu sein, seinem Vater abgelauscht hatte. Schon als er klein gewesen war, hatte Eleanor ihn nie von oben herab behandelt, und nun hörte sie ihm mit gespannter Aufmerksamkeit zu, halb respektvoll, halb amüsiert, als erwarte sie tatsächlich, etwas Neues von ihm zu erfahren.

Nathans Liebe zu Eleanor folgte unmittelbar auf seinen heiß ersehnten, katastrophalen Wachstumsschub, und sowohl das eine wie das andere kehrte in seinem Inneren das Oberste zuunterst, bis ihm durch die plötzliche und ungleichmäßige Ausdehnung seiner Gefühle die Brust weh tat. Wenn er seine dickrandigen Brillengläser und seinen miserablen Teint im Spiegel sah, die neue, ungewohnte Größe seines Körpers, seinen mit einem Mal großen – seinen fetten – Bauch, dann löste das schwindelerregende Angstattacken in ihm aus. Er aß Süßigkeiten und schlief schlecht und schreckte bei lauten Geräuschen zusammen. Der Anblick von Eleanors rotem Alfa Romeo – der Anblick jedes roten Autos – beunruhigte Nathan. Er empfand großes Mitleid mit Tieren und Kindern, besonders mit Nickel Boy, dem Hund der Parnells, einem sensiblen, vornehmen alten Beagle. Tatsächlich unterhielt sich Nathan lang und breit mit Nickel Boy über seine Gefühle für Eleanor, obwohl ihm klar war, daß man nicht wirklich redete, wenn man mit einem Hund redete, sondern, wie er in *Psychology Today* gelesen hatte, eine Menge beruhigender Geräusche von sich gab, um die Ausschüttung eines Enzyms zu erreichen, das den eigenen Blutdruck senkte und den Puls verlangsamte.

Jeden Abend, bevor er das Licht ausknipste, und jeden Morgen, wenn er aufwachte, zog er seine Sammlung von Eleanor-Parnell-Fotos hervor, die er aus dem Album seiner Mutter gemopst hatte, betrachtete jedes gründlich und versuchte, mit der Telepathie der Liebe zu Eleanor zu sprechen. In seiner Englischklasse nahmen sie gerade das Schreiben von Lyrik durch, und in seinem Tatendrang verfaßte Nathan Haikus, Limericks, Oden und Stanzen an Eleanor, dazu ein gewagtes Akrostichon in Sonettform, dessen Zeilenanfänge, von oben nach unten gelesen, E-L-E-A-N-O-R P-A-R-N-E-L-L ergaben; wann immer er sie in diesen Gedichten direkt ansprach, nannte er sie Jennifer – wie »Eleanor« ein Daktylus.

Als er am letzten Samstag vor seinem Überwechseln in die High School von Edward durch den Wald nach Hause ging und sich um einen aufrechten Gang bemühte, sah er Eleanor mit einem zerbeulten Tropenhelm unter den Tulpenbäumen stehen und wild fuchtelnd mit einem Gartenschlauch, dessen Ende wie eine Zapfpistole aussah, Wespennester herunterschießen. Große, goldene, bösartige Wespen waren schon den ganzen Sommer über ein Problem gewesen, aber nach dem vielen Regen im Juli vermehrten sie sich noch stärker und kamen zur Abendbrotzeit ins Haus geflogen.

»Klappt's?« rief Nathan und lief zu ihr hin. Eines der Dinge, die er an Eleanor liebte, war ihr Einfallsreichtum, auch wenn sie damit immer wieder scheiterte.

»Oh, nein«, sagte Eleanor. Sobald sie Nathan sah, begann sie zu lachen, und der Wasserstrahl fiel unkontrolliert zu Boden. Ihr Lachen, das erste, was ihm an Eleanor aufgefallen war, war schon immer eigenartig gewesen – rauh und dunkel, wie das Lachen einer Elster oder Spinne in einem Zeichentrickfilm –, aber in letzter Zeit assozierte Nathan damit die Dunkelheit der Sexualität und die Rauhheit nach der Überwindung von Schicksalsschlägen. Sie war zu lange in der Sonne gewesen, ihr Gesicht war knallrot. »Niemand sollte mich dabei sehen. Hältst du es für eine Schnapsidee? Die Wespen scheinen ziemlich sauer zu sein. Major Ray hat das für keine gute Idee gehalten.« Major Ray hatte kein Verständnis für Eleanor.

»Da bin ich anderer Meinung«, sagte Nathan und starrte auf die Baumkronen, wo die Wespen ihre papierenen Städte befestigt hatten. Eine dichte goldene Wespenwolke umwaberte sie. »Es sind schon viel weniger.«

»Meinst du?« sagte Eleanor. Sie nahm den Helm ab und sah nach oben. Die Ponyfransen klebten ihr an der feuchten, von der Sonne verbrannten Stirn.

»Ja«, sagte Nathan. »Ich glaube, Sie haben sie ersäuft. Vielleicht werden sie auch zerquetscht. Wenn sie der Wasserstrahl trifft.« Die Wespenwolke breitete sich aus und sank nach unten. »Äh, Eleanor. Könnte ich ... Vielleicht sollte ich es mal versuchen.«

»In Ordnung«, sagte Eleanor. Sie reichte ihm erst die spritzende, zischende Düse und dann mit ernster Miene den Tropenhelm, behielt dabei die ganze Zeit die Insekten im Auge und biß sich auf die Lippe. Nathan beschlich fast sofort das Gefühl, daß jeden Moment eine Decke oder ein Netz auf ihn herabfallen würde. Eleanor schrie auf, sprang einen Schritt zurück und überließ es Nathan, die Wespen mit seiner verrückten Waffe zu bekämpfen, was er fünfzehn tapfere Sekunden lang auch tat. Dann lief er weg, mit Eleanor im Schlepptau. Er spurtete um die Vorderseite des Parnellschen Hauses, überquerte den Rasen und lief hinaus auf den Les Adieux Circle. In der Mitte der Straße – einer Sackgasse – lag eine runde, grasbewachsene Fläche, bepflanzt mit einer alten, kümmerlichen Eiche. Da keiner der Anwohner wußte, wer diese Verkehrsinsel mähen sollte, wurde sie in der Regel überhaupt nicht gemäht, und die hiesigen Kinder erzählten sich, daß dort eine Rattenfamilie hauste. Er und

Eleanor ließen sich ins Gras fallen, und Nathan flog die Brille, die lichtempfindlich war und sich in der Nachmittagssonne verdunkelt hatte, von der Nase. Geblendet und erschreckt wälzte er sich in Eleanors rosige Arme, und sie umarmten sich wie zwei mit dem Leben davongekommene Schiffbrüchige. Dann rappelte er sich klopfenden Herzens auf und suchte auf Knien nach dem tröstlichen Gewicht, dem Schutz seiner Brille.

Von den vier Stichen, die Nathan abbekam, waren drei am Schenkel und einer auf der Schulter. Eleanor nahm ihn mit ins Haus nach oben ins Schlafzimmer, wo blaue Wäsche zusammengefaltet auf dem großen Bett lag und Eleanors goldene Trophäen wie lauter kleine Mormonentempel matt schimmernd in ihrer Vitrine standen. Dann führte sie ihn ins Bad, klappte den Deckel der Toilette runter und ließ ihn Platz nehmen.

»Wickel deine Shorts hoch, Nathan«, sagte sie. Sie fand ein Tütchen Natron und vermischte etwas davon mit Leitungswasser in einem Zahnputzbecher aus Plastik. Nathan zog den ausgefransten Saum seiner Shorts hoch und versuchte, nicht zu weinen. Sie kniete sich neben ihn, um die Blasen auf seinem bleichen, dicken Schenkel einzuschmieren. Nathan zuckte zusammen, aber die Paste war kühl, und Dankbarkeit übermannte ihn. Er wußte nicht, was er tun sollte, und deshalb starrte er auf den Scheitel in ihrem Haar, auf Eleanors wunderbare Kopfhaut, weiß und schön wie poliertes Holz.

»Major Ray hat wohl recht gehabt«, sagte Eleanor. »Es war doch eine Schnapsidee.« Sie keckerte nervös, und als Nathan klar wurde, daß offenbar auch sie das Gefühl hatte, etwas Komisches gehe hier vor, war er erleichtert – so erleichtert, daß er zu weinen begann, obwohl er nichts auf der Welt so sehr verabscheute wie Tränen.

»Du meine Güte, tut's weh, Schatz?« sagte Eleanor. »Entschuldige, entschuldige. Tut's weh?«

Dieser Ausdruck ihrer Besorgnis machte Nathan ungeheuer glücklich, und er wollte ihr sagen, daß es überhaupt nicht weh tue, aber er fühlte sich zu elend, um zu sprechen. Die Heftigkeit seiner Tränen erschreckte ihn, aber es war zu schön, um aufzuhören. Er verbarg das Gesicht in den Händen und schluchzte wie ein Kind.
Eleanor hörte auf, sich um seine Wespenstiche zu kümmern, kauerte sich auf den Boden und musterte Nathan. Eine andere Art von Besorgnis kam in ihr Gesicht, und mit einem Mal sah sie sehr traurig aus. »Was ist los, Nathan?« sagte sie.

Aber Nathan verriet es keinem, nicht mal Edward, dem er sonst alle seine grotesken Amouren anvertraute. Die beiden Jungen hatten sich über eine lange Reihe abstruser Liebschaften hinweg gegenseitig gestützt und amüsiert, aber bisher war das Ziel ihrer Zuneigung stets unerreichbar, ungeeignet und lächerlich gewesen: das schönste Mädchen der Abschlußklasse, eine Briefträgerin, die Erdkundelehrerin Miss Patocki oder Sabina McFay, Edwards neunzehnjährige Nachbarin, eine Halbvietnamesin, die Motorrad fuhr und nicht ganz geheuer war. Anders Eleanor Parnell; sie war unerreichbar und in weiter Ferne, aber ganz und gar nicht lächerlich, und Nathan erzählte Edward nichts von ihr.
Als er von seiner Mutter erfuhr, daß er zur Halloween-Party der Parnells eingeladen war, schmeichelte ihm das und löste Angst in ihm aus, und während der folgenden elenden, optimistischen Wochen nahm er sich vor, Eleanor Parnell auf dieser Party ein für allemal seine Gefühle zu offenbaren. Zehn Tage lang lief in seinem Kopf ständig ein komplizierter, schlagfertiger Dialog im Flüsterton ab.
Bei Einbruch der Dunkelheit an Halloween, gerade als die jüngsten und am sorgfältigsten beaufsichtigten Teufel, Krankenschwestern und Mäuse ihre Runde antraten, standen Nathan und Edward im Wohnzimmer bei den Shapiros und

zeichneten mit Buntstiften Bilder auf Mrs. Shapiros Arme, ihren Rücken und ihre Schultern. Nathans Mutter saß in blauen Netzstrümpfen, blauen hochhackigen Schuhen und einem trägerlosen wassereisblauen Badeanzug auf einer mit Pferdeleder bezogenen Ottomane, lachte und beschwerte sich, daß die Jungen die Stifte zu fest aufdrückten, während sie Anker, Herzen, Blitze und Schlangen auf ihre Haut malten. Die Jungen tauchten die Spitzen der Stifte in ein Wasserglas, wodurch die Farben sehr satt wurden. Als die Zeichnungen die noch freien Hautstellen überwogen, legte Nathan den dunkelroten Stifte weg und trat einen Schritt zurück, als wolle er ihr Werk bewundern.

»Ich glaube, das sind jetzt genug Tätowierungen, Mom«, sagte er.

»Findest du?«

»Ich persönlich bin der Meinung«, sagte Edward und musterte Mrs. Shapiro, »daß sich da unter Ihrem Hals so ein großer Siegesadler mit einem Speer in den Krallen wirklich toll machen würde, Mrs. Shapiro. Rose.«

»Klingt verlockend, Edward«, sagte Mrs. Shapiro.

Nathan sah zu seinem Freund, der einen grauen, krächzenden Adler zu malen begann. Nichts an seinem Ton oder seiner eifrigen Miene deutete darauf hin, daß er neben der künstlerischen Begeisterung noch etwas anderes empfand. Tatsächlich waren seine Zeichnungen viel besser als die Nathans – kühn, klar entworfen und leicht erkennbar; die Schlangen, die Nathan gezeichnet hatten, sahen ein bißchen wie Nähnadeln oder plattgedrückte Kaffeelöffel aus.

»Genau betrachtet«, sagte Edward in dem bedächtigen, aber schleppenden Ton, in dem er seine zahlreichen Einsichten von sich gab, »ist das Symbol unseres Landes ein recht kriegerisches Symbol.«

»Hmm«, sagte Mrs. Shapiro. »Interessant, nicht?«

Als ihr Kostüm schließlich komplett war und Nathan seine

Mutter in ihrem grellen, kunterbunten Aufzug betrachtete, verließ ihn der Mut, und ihm kamen Zweifel an dem Kostüm, das er sich ausgesucht hatte. Nach langer Unschlüssigkeit und quälenden Diskussionen mit Edward, dessen Vater ein avantgardistischer Künstler war, hatte sich Nathan für ein *konzeptualistisches* Halloween-Kostüm entschieden. Er hatte aus einem Kleiderbügel einen Drahtring gemacht, den er wie ein Diadem um die Stirn trug, hatte das eine Ende so gebogen, daß es über seinen Hinterkopf ragte, und oben zu einer Schlaufe gekrümmt, in die er eine Glühbirne stecken konnte. Wenn er dieses Gestell aufsetzte, schien die Glühbirne einige Zentimeter über ihm zu schweben, und der Draht war in einem halbdunklen Zimmer praktisch unsichtbar. Er ging zur Halloween-Party der Parnells, so hatte Edward begeistert formuliert, als ein Mann, der gerade dabei ist, eine gute Idee für ein Kostüm zu haben.
Das Ganze kam Nathan jetzt kindisch vor, ein fader Witz, und ihn störte, daß die Glühbirne nie aufleuchten, sondern nur grau und matt über seinem Kopf wippen würde, als besuche er Eleanors Party de facto als ein Mann, der dabei ist, eine *schlechte* Idee für ein Kostüm zu haben. In Wirklichkeit machte es Nathan schwer zu schaffen, wie unansehnlich, wie klobig und plump er geworden war – sein Bauch spannte immer mehr in dem gerippten Gummiband seiner neuen Turnhose, und seine Mutter hatte seine letzten Schulfotos mit einem liebevollen, mütterlichen, vernichtenden Seufzer entgegengenommen –, so daß er es bereute, nicht die Chance genutzt zu haben, sich in der Maskerade eines Roboters oder Königs zu verbergen, und sei es auch nur einen Abend lang.
»Super«, sagte Edward, richtete sich auf und blies vorsichtig die Adlertätowierung trocken.
Mrs. Shapiro stand von der Ottomane auf, ging zu dem chromgerahmten Spiegel, der eine der letzten gemeinsamen Anschaffungen seiner Eltern gewesen war, und schien von

dem, was sie dort sah, sehr angetan. Das Gesicht hatte sie von ihnen nicht verziert haben wollen, und nun erhob es sich bleich und fast erschreckend nackt über ihren Schultern.
»Ihr habt tolle Arbeit geleistet«, sagte sie. »Das Hulamädchen gefällt mir, Edward«, fügte sie mit Blick auf ihren rechten Bizeps hinzu.
»Spannen Sie mal die Muskeln an«, sagte er. Er ging zum Spiegel und ergriff ihren rechten Arm und ihr Handgelenk. Nathan folgte ihm.
»Beugen Sie den Arm«, sagte Edward.
Mrs. Shapiro beugte den Arm. Nathan lehnte sich über die Schulter seines Freunds und beobachtete die in Ansätzen erotischen Zuckungen des Hulamädchens. Um es besser sehen zu können, suchte er etwas zum Draufstehen, und sein Blick fiel auf den neben dem Spiegel stehenden und zu ihm passenden Chrompapierkorb, aber als er auf dessen Rand balancierte und nach unten auf die tanzende Tätowierung guckte, gab der Papierkorb sofort nach. Nathans Brille, die er schon seit Wochen hatte festziehen wollen, rutschte ihm von der Nase, und als er fiel, landete er mit einem schauerlichen Knirschen auf ihr.
»O nein«, sagte Mrs. Shapiro. »Nicht schon wieder.«
»Tut mir leid, Mom«, sagte Nathan.
»Ist dir was passiert? Hast du dir weh getan?«
Edward lachte nur und streckte Nathan die Hand entgegen, um ihn auf die Beine zu ziehen.
»Sie sind wahnsinnig, Dr. Lester«, sagte er.
»Sie sind geistesgestört, Madame LaFarge«, erwiderte Nathan automatisch. Er blickte auf seinen Freund und seine tätowierte Mutter, und sie betrachteten ihn beide, wie es schien, mit leichter, flüchtiger Besorgnis. Sie sahen einander an und lachteten. Eine Schar winziger Teufel klopfte wild durcheinander an die Haustür. Nathan hielt sich die Hand vor Augen, blinzelte und schüttelte den Kopf.

»Ich kann sehen«, verkündete er.
Als Edward nach Hause gegangen war, setzten er und seine Mutter sich an den Küchentisch, der nach 409-Essenz roch, und riefen Ricky in Boston an, um zu erfahren, was er an Süßigkeiten bei seinem Halloween-Beutezug ergattert hatte, und um ihm zu erzählen, daß Nathan ohne Brille sehen konnte. Dieses Ereignis hatten die Augenärzte schon prophezeit, seit Nathan mit fünf seine erste eulenhafte Hornbrille aufgesetzt hatte. Obwohl es schon ein gewisser Schock war, daß es jetzt geschah, war Nathan nicht überrascht, schon gar nicht jetzt, wo das Verhalten seines Körpers ihn ständig schockierte und wo so viele altehrwürdige Grundpfeiler seines Lebens – seine zierliche Statur, sein glattes Gesicht, sein Vater und sein Bruder – einer nach dem anderen verschwanden.
Anne, seine Stiefmutter, nahm das Telefon ab, machte sich aber wie immer sofort auf die Suche nach Ricky, und Nathan fiel auf, daß er nie sonderlich freundlich zu ihr war. Er sah den Hörer an, wünschte, ihr nachlaufen zu können, und wartete darauf, daß Ricky den Apparat in seinem Zimmer abnahm. Sein Bruder war gerade mit den erbeuteten Süßigkeiten nach Hause gekommen und vor befriedigter Gier ganz aus dem Häuschen.
»Mandelkonfekt, Nate!« jubilierte er. »Rotes Popcorn!«
»Du darfst nichts essen, was nicht eingepackt ist. Wirf das Popcorn weg.«
»Warum?«
»Wegen der Rasierklingen«, sagte Nathan. Sein Bruder fehlte ihm so sehr, daß es ihn nervös machte, mit Ricky am Telefon zu reden. Sie telefonierten dreimal die Woche, aber es gelang ihnen nie, richtig zu blödeln, und Nathan war immer unwillkürlich gereizt und spöttisch oder mürrisch.
»Klar«, sagte Ricky aufgeregt. »Halloween-Rasierklingen. Ach du lieber Himmel, Nate, jemand hat mir ein Rosinenbrötchen geschenkt! Ein *Rosinenbrötchen*, Nate!«

»Das ist doch nicht zu fassen«, sagte Nathan. »Ricky, rat mal, was passiert ist!«
»Das war bestimmt Mrs. Gilette. He, als was gehst du zu Halloween? Als Galactus?«
Ricky wartete schon sein ganzes Leben darauf, daß sich Nathan zu Halloween als Galactus der Weltenfresser verkleidete, was Nathan vor langer Zeit einmal angekündigt hatte, nicht ahnend, daß Ricky es nie vergessen würde, ja, daß er es mit der Zeit für das größte und wunderbarste aller wunderbaren Versprechen halten würde, die sein älterer Bruder je gebrochen hatte. In diesem Fall hatte Nathan ein noch schlechteres Gewissen als sonst, Ricky die traurige Wahrheit sagen zu müssen, und er drehte sich auf dem Stuhl um, damit seine Mutter nicht sein Gesicht sehen konnte.
»Ich gehe als ein Mann, der gerade dabei ist, eine gute Idee für ein Kostüm zu haben«, brummelte er.
»Hä?«
»Das verstehst du nicht.«
»Ich versteh's nicht, weil es doof ist«, sagte Ricky. »Bestimmt ist es doof.«
»Du kannst mich mal«, sagte Nathan.
»Nathan«, sagte Mrs. Shapiro.
»Du mich auch«, sagte Ricky.
»Rat mal, was passiert ist! Ich kann ohne Brille sehen.« Nathan drehte sich wieder seiner Mutter zu, und sie sah ihn leicht verwundert an.
»Soll das heißen, daß du sie nie wieder tragen mußt?« sagte Ricky. Abwesend fügte er hinzu: »Dann siehst du nicht mehr so häßlich aus.«
Auf diesen Gedanken war Nathan noch nicht gekommen. Er hörte, wie eine Plastiktüte voller Süßigkeiten durchwühlt wurde, und hatte das Gefühl, Rickys Aufmerksamkeitsspanne überfordert zu haben, und das gerade in dem Moment, wo er am dringendsten mit ihm reden mußte. Solche

unvollkommenen Gespräche hatten damals, während des Trennungsjahrs seiner Eltern, dazu geführt, daß Nathan die Telefongespräche mit seinem Vater immer mehr verabscheute. Ricky riß eine Verpackung auf und mampfte etwas. Bit-O-Honey, dem Geräusch nach. Nathan stellte sich vor, wie Ricky, umgeben von seinen Süßigkeiten, in dem tollen Zimmer in Boston auf seinem Bett lag, das die Form eines Rennwagens hatte. Nathan malte sich den Halloween-Abend in Boston aus, wie ihn Ricky aus seinem Rennfahrerbett durch die Fenster in dem dunklen Alkoven sehen mußte. »Der größere Bruder ist immer häßlicher«, sagte Ricky.

»Ich weiß, daß du mich nur aufziehen willst«, sagte Nathan. In diesem Moment fühlte er sich, wie schon mehrmals zuvor, seinem Bruder sehr fern, ähnlich fern wie von Anne und seinem Vater und seiner Mutter und allen Menschen, die er kannte, isoliert in seiner Liebe und Angst, aber zum ersten Mal schien die Leere rings um ihn eine neue Perspektive zu bieten, als stünde er trockenen Fußes auf dem Dach eines Hauses inmitten einer großen Überschwemmung. Er verspürte nicht den Drang, Ricky die Beleidigungen heimzuzahlen. Er sah zu Mrs. Shapiro, die mit dem Kopf nickte, obwohl sie nicht wußte, was Ricky gesagt hatte. »Ich weiß, daß ich nicht häßlich bin«, sagte Nathan.

»Nein«, sagte der schläfrige kleine Junge in Boston, der auf seinem Bett voller Süßigkeiten von Nathan wegtrieb. »Du hast hübsche Schultern.«

Erst als Nathan mit seiner Mutter durch den Wald zum Haus der Parnells ging, fühlte er sich deutlich verändert. Diese Bäume würden bald gefällt werden und drei neuen Häusern Platz machen, und als er ohne Brille durch das Wäldchen schlenderte, schien die sternenhelle Halloween-Luft eine besondere Klarheit zu besitzen, eine Schärfe, die er bisher nur gerochen hatte, und der Anblick der Welt beschwor für ihn den strengen Geruch von Rauch und Laub herauf. Vorne auf der Straße fiel der Strahl einer Taschenlampe, die ein Kind benutzte, auf den Boden und entzündete die roten Eichenblätter, die den Rasen der Parnells übersäten; dann flog er nach oben und beleuchtete die kahlen Kronen zuvor unsichtbarer Bäume.

»Ich kann's nicht glauben«, sagte Nathan. »Ich bin tatsächlich geheilt.«

»Du siehst sehr schön ohne die Brille aus«, sagte seine Mutter. »Du ähnelst deinem Vater.«

»Dad trägt Brille.«

»Das war nicht immer so«, sagte sie. Sie fröstelte in ihrem Mantel aus Kanin, der ein Geschenk von Humberto gewesen war, dem Profifußballspieler aus Brasilien, mit dem sie letzten Winter öfters ausgegangen war.

»Findest du mein Kostüm blöd, Mom?«

»Ich verstehe es bloß nicht ganz, Nathan«, sagte seine Mutter. »Eigentlich verstehe ich deine Witze nie so ganz. Viele Leute werden es bestimmt urkomisch finden.«

Sie kamen an den kleinen, mit gelbem Gras bewachsenen Anstieg, der bis an die Zedernbretter der Parnellschen Veranda ging und von einer krummen Linie von Trittsteinen durchschnitten wurde, die zu dem seichten Goldfischteich neben der Haustür führte. Major Ray war in den Sechzigern fünf Jahre in Yokohama stationiert gewesen, und die Parnells waren mit Unmengen japanischer Sachen in die USA zurückgekehrt. Auf der Veranda stand der ausgehöhlte Kürbis mit der eingeritzten Fratze neben einer steinernen Lampe in Form eines japanischen Hauses mit einem Spitzdach, und als Nathan und seine Mutter vor der Haustür ankamen – drinnen hörte man die anderen schon, Dutzende lachende Erwachsene –, ging ihm auf, daß eine Kürbislaterne wirklich eine Laterne war. Sein letzter Gedanke, bevor Eleanor die

Tür aufriß, war die Idee zu einem Science-fiction-Roman, in dem die Bewohner einer fernen Welt ganz von verschiedenen riesigen Gemüsepflanzen lebten; sie schnitzten ihre Betten daraus, verwendeten die langen, geringelten Schalen als Kleidung und erhellten ihre Wohnungen mit dem Licht von Kürbissen. Dann flog die Tür auf. Bei all der Sorge um sein eigenes Kostüm und dem Polieren und Feilen an dem gequälten Satz, der ihm an diesem Abend Eleanor gegenüber glatt über die Lippen gehen sollte, hatte er ganz vergessen, sich zu überlegen, was sie wohl tragen würde, und er sah sich völlig überrascht.

Natürlich war Nathan nicht frei von nächtlichen Wunschträumen über Eleanor Parnell gewesen. Er bastelte an diesen heiteren Verführungsgeschichten mit derselben Gründlichkeit, die er auf alle seine Phantasieprojekte verwandte, sei es Davor, der Goldene Planet, oder die riesige Autobahn, von der er einmal – samt wohlüberlegt benannten Raststätten und Tankstellen – auf zweihundert Seiten seines Ringbuchs eine Karte angefertigt hatte. Er hatte sich Mrs. Parnell in allen möglichen leeren Zimmern ausgemalt und an einsamen Stränden und unter einem abgelegenen Unterstand in den Rocky Mountains, aber während dieser Begegnungen blieb sie züchtig bekleidet. (In jenen entscheidenden Augenblikken, wenn Eleanor ihre Kleidung abzulegen begann, versagte meist Nathans Vorstellungskraft.) Doch nie hatte er sie sich in einem schwarzen Lederbikini, einem schwarzen Cape, schwarzen Stiefeln und einer schwarzen Maske mit zwei großen schwarzen Lederohren vorgestellt.

»Ich bin Batman«, sagte Eleonor und gab Nathan einen trockenen Kuß auf die Wange. »Du siehst toll aus«, sagte sie zu Mrs. Shapiro. Sie trat einen Schritt zurück, um Nathan zu mustern, und kniff die Augen in den mondförmigen schwarzen Aussparungen ihrer Maske zusammen. »Nathan, du bist – du bist eine Laterne. Du bist ein Laternenpfahl.«

»O nein«, sagte Mrs. Shapiro.

»Genau«, sagte Nathan, der Laternenpfahl. »Ha, ha.« Er wußte nicht zu sagen, ob er sie in diesem Moment begehrte oder ob ihn eine absolute, unrettbare Verlegenheit befiel.

»Nathan«, sagte seine Mutter. »Du bist keine Laterne. Sag's ihr.«

»Kommt rein«, sagte Eleanor. »Wir sind im Gelben Salon. Also, was bist du, Nathan?«

Eleanor griff, wie sie das immer machte, nach den Händen ihrer Gäste und zerrte sie ins Haus. Den Gelben Salon beherrschten, wie Nathan erwartet hatte, Alkohol, Discomusik und das Erwachsenenleben von seiner einschüchterndsten Seite. Zwei Dutzend kostümierte Männer und Frauen – Nathan entdeckte einen Ritter, einen Baseballspieler und eine Art Hexe oder Kräuterweib – hielten ihre Drinks in den Händen und unterhielten sich mit lauten Rufen, um die aufgeregte Musik zu übertönen, und fünf oder sechs Paare tanzten in der Mitte des Zimmers. Seit seine Mutter wieder Single war, schien sie immer öfter mit Erwachsenen zusammenzusein, die gern tanzten – ein Anblick, der für Nathan noch nichts von seiner Neuheit eingebüßt hatte. Mit besonderem Vergnügen beobachtete er die beflissenen Männer, die auf der Stelle joggten.

»Okay, ich geb's auf«, sagte Eleanor. Sie drehte sich zu ihm um, und Nathan blieb wie angewurzelt stehen. »Nein, noch nicht.« Kurz tauchte ein verkniffener Ausdruck auf ihrem Gesicht auf, als sie ihn von oben bis unten musterte, und zum ersten Mal schien sie zu bemerken, wie kümmerlich Nathans jämmerliche Idee war. Nathan errötete und sah weg, zum Teil jedoch auch deshalb, weil er befürchtete, schon zu oft ihre Brüste und ihren leuchtenden Bauch angestarrt zu haben.

»Sollst du Thomas Edison darstellen? Ist es das? Bist du Thomas Alva Edison?«

Nathan zwang sich, die Demütigung ihres mitleidsvollen

Blicks auszuhalten. Er machte den Mund auf, um zu erklären, daß er tatsächlich der Zauberer von Menlo Park sei, im Begriff, das Feuer zu stehlen.

»Er ist ein Mann, der dabei ist, eine gute Idee für ein Kostüm zu haben«, sagte Mrs. Shapiro, verschränkte die Arme und zuckte mit den tätowierten Schultern. »Was sagst du dazu?«

»Nathan«, sagte Eleanor, lächelte ihn an und nahm sein Kinn zwischen die langen Finger ihrer Hand. »Du bist ein seltsamer junger Mann.«

Sie lachte ihr Elsterlachen, und in ihren maskierten Augen las Nathan sowohl Schmerz als auch Belustigung, als wüßte sie bereits, daß er sie liebte. Dann wandte sie sich von ihm ab, und die beiden Frauen legten die Arme umeinander – eine Angewohnheit, die seine Mutter von Eleanor übernommen hatte, die sie wiederum von Major Ray gelernt hatte, der um jeden den Arm legte. Sie gingen zu dem langen Tisch, über den ein schwarzes Papiertischtuch gebreitet war und der als Bar fungierte. Major Ray, der sein Bruce-Wayne-Smokingjackett trug, trat zu ihnen und umarmte Mrs. Shapiro. Er sagte etwas zu ihr, sie lachte, und dann ging er mit ihr weg, so daß Eleanor einen Augenblick allein zurückblieb. Kurz betrachtete Nathan, vom leichtsinnigen Mut eines strubbelhaarigen Erfinders beseelt, Eleanor in ihrem gewagten Aufzug. Er machte einen Schritt auf sie zu, dann zögernd noch einen, sammelte seine ganze Kraft, als wolle er einen schweren Schalter umlegen, der, wenn seine Berechnungen richtig waren, Licht in hundert Städte und zehntausend dunkle Zimmer bringen würde. Er wollte sie zum Tanzen auffordern – mehr nicht. In den wenigen Sekunden, ehe er an ihrer Seite mit den Fledermausflügeln stand, suchte er in seiner Erinnerung nach einem smarten Satz oder einer geschliffenen Aufforderung aus einem Film, aber der einzige, der ihm in diesem Moment einfiel, war *Der junge Mr. Lincoln*. »Eleanor«, sagte er, »ich möchte auf die schlimmste Art mit Ihnen tanzen.«

Eleanor lächelte, lehnte sich dann vor, legte ihm die Hand auf die Schulter und ging mit dem Mund an sein Ohr. Lange Zeit zögerte sie. »Ich kenne ein paar sehr schlimme Arten«, sagte sie schließlich, »aber für die bist zu jung, Nathan.«
»Vermutlich«, sagte er fast froh. Er nahm das Drahtgestell ab und legte es auf die Bar. Jetzt war nichts mehr in seinem Gesicht oder an seinen Schläfen, und er kam sich leicht, fast kopflos vor, ganz so, wie er sich in seiner Vorstellung an jenem glänzenden Abend fühlen würde, wenn er zum ersten Mal Alkohol trank. Sanft nahm er ihre Hand und legte sie sich über die Augen, und dann hielt er ihre Maske mit seiner feuchten Handfläche zu. Einen Augenblick blieben sie in dieser Dunkelheit stehen. Dann sagte er: »Rat mal, wer ich jetzt bin.«

Die verlorene Welt

Eines Sommerabends, nicht lange nach seinem sechzehnten Geburtstag, trank Nathan Shapiro vier große Dosen Old English 800 und fand sich sehr bald auf dem Beifahrersitz eines riesigen, bananenfarbenen Ford LTD mit seinen Freunden Buster, Felix und Tiger Montaine wieder. Sie hatten das Starkbier gekippt, während sie in Buster Frenchs Whirlpool gebadet hatten (die Frenchs waren aus Los Angeles), und folglich fuhren sie durchgeknetet, benebelt und halb oder gar nicht bekleidet durch die Gegend. Buster und Felix E. hatten noch ihre knappen Speedo-Badehosen an, Tiger Montaine trug nur ein schwarzes ärmelloses Netzhemd und eine Tennissocke, und Nathan war, halb aus Freude, halb aus Verzweiflung, von Kopf bis Fuß nackt.

Zwei Wochen zuvor hatte seine Mutter auf einer bescheidenen Feier im häuslichen Rahmen einen Mann namens Ed geheiratet, einen freundlichen Geologen mit schütterem Haar, der aus Idaho stammte und sechs Monate mit ihr ausgegangen war. Und heute abend, eine Stunde bevor Nathan zu Buster Frenchs Haus gegangen war, hatte Dr. Shapiro aus Boston angerufen und überglücklich die erste Schwangerschaft seiner Frau Anne vermeldet. Ricky, Nathans Bruder, wohnte jetzt seit einem Jahr in Boston und hatte am Telefon in einem fort von dem Bläschen des Lebens geplappert, das in dem Reagenzglas von Annes Schwangerschaftstest für zu Hause entstanden war; Ricky hatte das Reagenzglas in sein Zimmer genommen und es zwischen seinen Fußballpokal und ein Foto gestellt, auf dem seine Mutter, sein Vater und Nathan in Nags Head im Wind standen.

Nathan war durch all diese Ereignisse noch verwirrter als

sonst, auch wenn er sich nach besten Kräften bemühte, sich mit ihnen anzufreunden. Er mochte seinen neuen Stiefvater, der in der Antarktis und in Peru und auf den Neusibirischen Inseln gewesen und mit allen möglichen haarsträubenden Geschichten und eigenartigen Steinen zurückgekehrt war; auf seine Art begeisterte Nathan die Aussicht auf ein neues Baby ebenso aufrichtig wie Ricky; und er war alt genug, diese Veränderungen als zwangsläufige Expansion dessen zu begreifen, was früher einmal seine Familie gewesen war, wie die eines Weltreichs oder einer Galaxie. Er freute sich für seine Eltern über ihr neues Leben, so wie er sich schon immer für sie gefreut hatte, als sie Schritt für Schritt ihre Ehe aufgelöst hatten; und deshalb suchte er nach einem Grund, einer Entschuldigung dafür, daß er sich so losgelöst fühlte, so wütend und gleichzeitig so wehmütig; und der Alkohol schien genau das richtige dafür zu sein. Er hatte keinen Schimmer, wohin er und seine Freunde fuhren, und erst als sie scheinbar stundenlang durch die verlassenen, wohlriechenden Straßen Huxleys gekreuzt waren, bekam er mit, daß sie – in Buster Frenchs Worten – unterwegs zur Heia von Chaya Feldman waren.

Buster, der Mrs. Frenchs Wagen fuhr, verkündete dies gerade in dem Moment, als der Alkohol, die tiefen Veloursitze und der süße Duft nach Gras, der durch die geöffneten Fenster hereinströmte, Nathan einzulullen begannen, und als Chayas Name fiel, setzte sich Nathan kerzengerade auf. Daraufhin nannte Buster Chaya eine »Torte«, was für Nathans Begriffe wohl hieß, daß sie den Jungs – ihnen allen vieren – ganz bestimmt jene dunklen Freiheiten gestatten würde, von denen er immer noch fast gar nichts wußte, ein Gedanke, der nur Verwunderung in ihm hervorrief und Sorge um Chaya, die er seit seinem sechsten Lebensjahr kannte. Sie war ein ruhiges Mädchen mit einem ernsthaften, dunklen Gesicht und verfilztem Haar, und ihre Eltern kleideten sie wie eine Puppe. In seiner Erinnerung war sie ein Mensch, der immer verwaiste Hundewelpen und kleine Spatzen mit gebrochenen Flügeln fand, auf Wiesen und Straßen, wo jeder andere überhaupt nichts gefunden hätte, und dann recht und schlecht mit einer Pipette voll Milch oder Zuckerwasser versuchte, sie wieder aufzupäppeln. Im menschlichen Umgang hatte ihr größtes Talent – zumindest bis vor kurzem – darin bestanden, daß sie einem auf Wunsch ein höchst realistisches Bild von einem Augapfel zeichnen konnte, mit einem Funkeln auf der Iris, unauslotbaren Pupillen und filigraner Äderung.

Sie waren nie wirklich befreundet gewesen, aber dann und wann dachte Nathan immer noch an jenen Nachmittag vor langer Zeit, als er und Chaya auf den Wiesen hinter dem Huxley Interfaith Plexus einmal aus irgendeinem Grund zusammen gespielt hatten. In dem hohen Gras und Unkraut hatten sie ein Spiel gespielt, das sich Chaya selbst ausgedacht hatte und das Planet der Vögel hieß. Nathan war ein intergalaktischer Schiffbrüchiger gewesen, der auf einer windigen, grasbewachsenen Welt ums Überleben kämpfte, und Chayas Haare hatten wie ein Federbusch geflattert, als sie ihm alle möglichen Vogelrufe vorgezwitschert hatte. Chaya behauptete sogar, als Erwachsene später mal ein Buch schreiben zu wollen, das auf diesem fiktiven Planeten spielte, der, wie sie sagte, Jadis hieß; in den Staub zeichnete sie eine Karte seiner Meere und Luftozeane. Wie alle paradiesischen Sonntagnachmittage, die er mit einem Kind verbracht hatte, mit dem er später nie wieder spielte – davon gibt es in jeder Kindheit ungefähr ein Dutzend –, war ihm dieser entschwundene Nachmittag luzid und klar in Erinnerung. Während der drei Jahre seit seiner Befreiung von der Thoraschule hatte er Chaya zweimal aus einiger Entfernung gesehen, als sie mit ihren Eltern und ihrer Schwester Mara aus einem Kino gekommen war. Jetzt hatte Nathan plötzlich

Angst vor ihr, und zum allerersten Mal hatte er auch Angst vor den derben Körpern seiner Freunde.
»He, Buster«, sagte Felix E. Scott und lehnte sich vor, so daß sein Schenkel einen kurzen Moment glatt und kühl an dem von Nathan lag, »was hast du mit Chaya Feldman vor?«
»Erzähl mir bloß nicht, daß du das nicht weißt, Felix E.«, sagte Buster und steuerte den LTD mühsam in eine kleine Sackgasse, die Nathan als Chayas Straße erkannte, weil er vor langer Zeit einmal hier gewesen war, als sie bei irgendwas eine Fahrgemeinschaft gebildet hatten.
»Stell den Motor ab«, schlug Tiger Montaine vor, dessen Stärke Verstohlenheit war. Er fuhr seinen kleinen Fiat mit Benzin, das er aus anderen Tanks abzapfte, klaute Zigaretten aus dem Supermarkt und hatte über mehrere Monate hinweg mit Nathans entgeistertem Einverständnis Mrs. Shapiros Kodeintabletten durch extrastarke Kopfschmerztabletten ersetzt, und zwar immer nur eine. »Weckt bloß nicht ihren Daddy auf, diesen gemeingefährlichen Israeli.« Chayas Vater, Moshe, ein Onkologe, war in Israel geboren und aufgewachsen und tatsächlich der humorloseste und strengste der einhundertundfünf Väter, die Nathan in seinem Leben kennengelernt hatte. Er hatte einen dichten schwarzen Bart und irre Augenbrauen, und allgemein ging das Gerücht, daß er unter dem Bett eine Uzi-Maschinenpistole aus seiner Zeit in der isrealischen Armee versteckt hielt.
Buster drehte den Zündschlüssel im Schloß, und das Auto glitt geräuschlos auf Chayas Haus zu. Die plötzliche Stille legte einen Bann über die vier Jungen und keiner sagte etwas; vielleicht waren sie nur vorsichtig. Nathan malte sich aus, wie Chaya mit verschränkten Beinen unter einer leichten Sommerdecke schlief; eine Torte! Dann schnappte automatisch das Lenkradschloß ein, weil der Motor abge-

stellt war, und ehe Buster etwas unternehmen konnte, waren sie holpernd über den Randstein gefahren und kamen mitten in jemandes Vorgarten zum Stehen.

»Gelandet«, sagte Buster, und alle lachten. »Und wer klopft jetzt ans Fenster der Torte?«

»Ich gehe«, sagte Nathan. »Ich kenne sie.«

Die Blicke der anderen Jungs richteten sich alle auf ihn. Obwohl Nathan ziemlich überzeugt davon war, daß seine Freunde einen gewissen Respekt vor ihm hatten – seine nackte Anwesenheit unter ihnen bezeugte dies –, hatte er sich nie durch Schneid hervorgetan, tatsächlich mußte er selbst zu kleineren Waghalsigkeiten meist erst überredet werden, zum Beispiel mit Twanda Woods zu tanzen oder seine Turnschuhe ohne Schnürsenkel zu tragen, eine affektierte Angewohnheit, die seine Mutter rasend machte. Und weil Nathan es nicht hatte verbergen können, wußten die Jungs alle, daß er noch nie mit einem Mädchen geschlafen hatte. Von dem Starkbier ermutigt, langte er Felix E. und Tiger ins Gesicht und versetzte ihnen einen Stoß, so daß sie nach hinten ineinanderfielen.

»Ich bin mit ihr zur Thoraschule gegangen«, erklärte er.

Vielleicht lag es nur an ihrer Bestürzung über diese untypische Demonstration von Furchtlosigkeit, aber als Nathan aus dem Wagen kletterte, bemerkte er den seltsamen Ausdruck auf den Gesichtern seiner Freunde. Es war eine Verdutztheit, als trauten sie ihren Augen nicht, als wäre aus Spaß Ernst geworden. Als er über das weiche Gras ging, nackt und barfuß wie ein Kind, fragte sich Nathan, ob das Ganze eine Lüge war, ob Chaya überhaupt keine Torte war und die Jungs alle noch ohne Erfahrung, so daß keiner wußte, welches Schicksal ihn erwartete. Er sah kurz zu dem Auto, zu den drei schattenhaften Gestalten, die nun die Köpfe zu einem offenbar bangen Palaver zusammengesteckt hatten, und wäre fast umgekehrt.

Doch einen Augenblick später empfand er eine ganz neue Art von Betrunkenheit; die Luft auf seiner Haut, seinen Lippen und Unterarmen war warm, und – unglaublich – der Mond schien auf seinen Penis. Er wünschte, es wäre ein Kilometer bis zu Chayas Haus und nicht nur ein paar kurze Schritte, damit er ein wenig länger so gehen konnte, wie eine Fee auf mondheller Heide. Erst diesen Sommer – erst diesen Monat – war sein Körper schlank geworden, und Nathan ging mit dem schlenkernden Gang eines jungen Manns, der sich daran freut, wie seine Beine ihren Zweck erfüllen. Er gelangte zur Auffahrt vor dem Feldmanschen Anwesen und lief in raschem Zickzack zur linken Seite des Hauses, wo er einem Holzzaun mit einer Tür gegenüberstand. Er blieb stehen und betrachtete die Lattentür. Sein Atem ging nun schnell, und in seinen Augenbrauen hing Schweiß; ein Tropfen spritzte ihm auf die Wange. In dem Moment, als er die Nässe auf seinem Gesicht spürte, sah er durch den Lattenzwischenraum, daß dahinter ein langer und ungewöhnlich schmaler Swimmingpool lag. Es war kein Pool zum Planschen; es war ein Pool zum Bahnenschwimmen, nicht breiter als zwei um die Wette schwimmende Krauler. Nathan fiel ein, einmal gehört zu haben, daß Dr. Feldman sich und seiner Familie abverlangte, jeden Tag fünfzehnhundert Meter zu schwimmen.

Nathan tat vorläufig so, als sei er der gerissene Tiger Montaine, hielt den Atem an, schob behutsam den stählernen Riegel nach oben und öffnete langsam und geräuschlos das Tor. Er ging zu den Eisenbahnschwellen, die das vordere Ende des Bahnenbeckens einfaßten, und streckte die Zehen über den Rand. In dieser Stellung blieb er einen Augenblick stehen, betrachtete das Spiegelbild des Monds auf dem schwarzen Wasser und versuchte, den Aufruhr in seinem Magen zu besänftigen. Er war so nervös, daß er den Grund für seine Nervosität vergaß und einfach zitternd am Rand

von Chayas Swimmingpool verharrte. Was machte er hier? Wo waren seine Kleider?
Er ging in die Hocke und glitt dann wie ein vor einem Waldbrand fliehender Hirsch in das kühle Wasser. Er schwamm mit leichten, gemächlichen Zügen durch das Becken. Der kräftige Einsatz seiner Arme und seines Herzen in dem kühlen Wasser klärte seine Gedanken, während seine Augen vom Chlor angenehm juckten, und als er auf der anderen Seite des Beckens ankam, hatte er größeres Vertrauen in sich selbst und in die allumfassende Milde einer Dienstagnacht im Juli. Er zog sich aus dem Pool und ging auf Zehenspitzen zur Hinterseite des Feldmanschen Hauses. Auf einer Wäschespinne im Garten hingen einige Bettlaken, gestreifte Kopfkissenbezüge und zwei Badetücher, und er überlegte, ob er ein Handtuch nehmen und sich um die Taille knoten sollte. Aber aus unerfindlichen Gründen hatte er das Gefühl, daß in seiner Nacktheit ein Vorteil lag, ein fast magischer Vorteil, den Tiger Montaine zum Beispiel niemals aufgegeben hätte, und er ging zu den Fenstern der hellen Kellerwohnung, in der Chaya immer ihr Zimmer gehabt hatte, blieb einen Moment stehen, die Hände in die nassen Hüften gestützt, sah in die dunklen Fenster und machte Anstalten, Chaya zu wecken. Das Wasser aus dem Schwimmbecken rann Nathan von der Brust auf die Schenkel und ließ an seinen Beinen und Armen eine Gänsehaut entstehen, als er leicht an die Scheibe klopfte und dabei einen smarten, verführerischen Rhythmus versuchte, der unerbittlich wie Smörrebröd-Smörrebröd-röm-töm-töm-töm klang.

Innen wurde ein Licht angeknipst. Jemand richtete sich im Bett auf – in Chayas Bett –, und dieser Jemand schien nicht Chaya zu sein. Sie war zu groß, ihr Haar war voller und dunkler, und durch das Armloch ihres hauchdünnen kurzen Nachthemds sah er die verblüffenden Konturen einer

schweren Frauenbrust. Er drehte sich um und wollte aus dem Garten abhauen, aber fast sofort ging die Tür auf, und er machte verlegen kehrt.
»Ist, äh, Chaya da?« sagte er und hoffte, daß er sich blöd genug anhörte und nicht wie einer, der etwas Verbotenes tut.
»Nathan? Nathan Shapiro?«
»Chaya?«
»Was machst du hier? Wo sind deine Kleider?«
Das Licht, das um sie herum nach draußen drang, reduzierte sie zu einer Silhouette, und er konnte nicht sehen, ob sie wütend war oder nur verwirrt. Chayas Stimme war ein rauhes Flüstern und klang im Dunkeln recht weinerlich, als fürchte auch sie, Ärger zu bekommen.
»Ich bin in eurem Pool geschwommen«, brachte Nathan schließlich über die Lippen, nicht sicher, ob dies alles hinlänglich erklärte.
»Du solltest lieber sehen, daß du wegkommst. Mein Dad schläft, ihm geht's in letzter Zeit nicht gut.«
»Okay«, sagte Nathan. »Bis dann. Du bist so groß geworden, Chaya.« Er starrte sie an.
»Pubertät«, sagte sie. »Schon mal davon gehört?« Sie trat ins Licht ihres Zimmers zurück und lächelte ein irgendwie mißmutiges Lächeln, das schon immer typisch für sie gewesen war, und dann merkte Nathan, daß er sie wiedererkannte.
»Chaya, mir ist so komisch«, sagte er. Beim Anblick ihres vertrauten, ernsthaften Gesichts war er mit einem Mal den Tränen nahe.
»Aha. Na schön, komm rein. Du mußt aber leise sein.«
»Klar.«
Nathan ging hinter Chaya in das Zimmer mit der für Kellerwohnungen typischen Hängedecke und dem Geruch nach feuchten Teppichen. An einer getäfelten Wand hing ein Druck der *Sternennacht* und ein El-Al-Poster mit einem Foto der Altstadt Jerusalems; an der anderen Wand war ein

Gemälde, das Chaya selbst gemalt haben mußte, ein Bild mit einer Palme voller leuchtend bunter Papageien unter einer Doppelsonne, und Nathan erinnerte sich an den Tag, den er auf dem Planeten Jadis verbracht hatte. Neben dem Bild hing ein alter ausgestopfter Hirschkopf mit einem gespaltenen Ohr, der eine Sonnenbrille und eine lila Baskenmütze trug. Auf dem Tisch neben ihrem Bett war eine kompakte Kugellampe mit einem grünen Schirm, eine Schachtel Kool-Zigaretten und ein Buch von Erica Jong, vor dessen Lektüre Nathan zweimal von seinem Großvater gewarnt worden war. Der Lichtkreis der Lampe schien fast ganz aufs Bett zu fallen, und Nathan wandte den Blick ab, so intim war der Anblick der weißen Laken und der tiefen Einbuchtung in dem Kissen. Der Abdruck ihres Kopfs, die ganze Vorstellung einer schlafenden Chaya, kam ihm so zweideutig vor, daß er nicht hinsehen konnte. Er hörte die Sprungfedern knarren und die Laken rascheln, als sie wieder ins Bett schlüpfte.

»Nicht daß du häßlich bist oder so, Nathan«, sagte Chaya, »aber zieh trotzdem was über, okay?«

»Ich bin nackt!« sagte Nathan. Er blickte an sich hinunter und begriff, daß er nackt war. Und wie durch Chayas Augen sah er, daß sein Penis durch das Annehmen männlicher Proportionen und Charakteristika auch gleichzeitig ein trostloses und lustiges Aussehen gewonnen hatte, ähnlich wie der Jeep in Popeye-Zeichentrickfilmen; schützend hielt er sich die Hände und Unterarme davor. Dies trug jedoch nichts dazu bei, die Blässe seiner Schenkel zu verbergen oder das weiche, traurige Haarbüschel um seine linke – aber noch nicht um seine rechte – Brustwarze.

»Auf dem Stuhl liegt ein Handtuch.«

»Ich geh lieber«, sagte Nathan. Er wandte sich um, wollte durch die Tür gehen und versuchte nun, sein wahrscheinlich lächerlich wirkendes Hinterteil zu bedecken.

»Stell dich nicht so an, mach schon, nimm das Handtuch, Nathan«, sagte Chaya.
»Die anderen haben mich hergebracht«, sagte er, drehte sich wieder um und ging rückwärts zu dem Stuhl neben Chayas Schreibtisch. »Die Jungs. Tiger, Buster und Felix E.« Rasch wickelte er sich das Handtuch um die Taille und stopfte das eine Ende auf eine Art, die seine Großmutter aus irgendeinem Grund immer als »türkisch« bezeichnet hatte, in den Bund. Es war ein kratziges weißes Handtuch, das nach dem seitlich eingewebten unleserlichen hebräischen Schriftzug zu urteilen aus einem Hotel in Israel gestohlen worden war. Die Einseitigkeit seiner Brustbehaarung war ihm immer noch furchtbar peinlich, und das Handtuch war so knapp, daß der Knoten an seiner Hüfte kaum hielt.
»Warten sie draußen?«
»Ja. Sie haben mich reingeschickt. Sie haben gesagt –«
»Deine Haare sind ganz naß.« Auf dem Plissee ihrer Bettdecke faltete sie die Hände über dem Bauch und starrte ihn an. Alles in allem wirkte sie nur leicht überrascht, Nathan zu sehen – als wäre er ihr in einem Traum erschienen. Seit er sie das letzte Mal gesehen hatte, war ihr Gesicht breiter geworden, ihre Wangenknochen traten deutlicher hervor, und Nathan fand, daß sie mit der goldbraunen Haut, den dichten Augenbrauen und ihrer voluminösen, kaum zu bändigenden Frisur schön und ein bißchen unheimlich aussah. Er setzte sich und legte die Arme um sich. Seine Zähne klapperten.
»Also dann, ich gehe jetzt lieber.« Er stand wieder auf.
»Warte«, sagte Chaya. Sie klopfte auf die Decke und gab ihm zu verstehen, daß er sich neben sie setzen sollte. Er kam an ihr Bett, setzte sich behutsam ans Fußende und hielt mit einer Hand den lockeren türkischen Knoten fest.
»Nathan Shapiro«, sagte sie und schüttelte den Kopf.
»Chaya Feldman.«
»Mrs. Falutnicks Klasse.«

»Laßt die Kaugummikauer*r*ei vo*rr* dem *R-r*adio bleiben«, sagte Nathan und wiederholte in einem Akzent, den er seit sechs oder sieben Jahren nicht mehr nachgeäfft hatte, einen von Mrs. Falutnicks unergründlichen Lieblingssprüchen. Chaya lachte, aber Nathan schnaubte nur einmal durch die Nase. Mrs. Falutnicks Klasse, das war so lange her! Er sah sich auf einem fleckigen Plastikstuhl ganz hinten in einem lauten Klassenzimmer des Huxley Interfaith Plexus sitzen, die ernsten Fotos von Emma Lazarus und Abraham Cahan in seinem Exemplar von *Das amerikanische Judentum in Wort und Bild* mit Schnurrbärten und Affenfellen verunstalten und sich heimlich die ganzen fünfundzwanzig Zentimeter eines Big-Buddy-Riegels in den Mund stopfen, wenn Mrs. Falutnick der Klasse den riesigen Rücken zuwandte, und dies machte ihn auf unerklärliche Weise traurig, so daß er seufzte und Chaya aus ihrer Träumerei riß.
»Ich hab gehört, deine Eltern haben sich scheiden lassen«, sagte sie. Sie sah nach unten, und ihre langen Haare klatschten auf ihre gefalteten Hände.
»Ja«, sagte Nathan und legte wieder die Arme um sich. Das Frösteln, das dieses Wort in ihm hervorrief, dauerte nie länger als ein oder zwei Sekunden.
»Warum haben sie das getan?«
»Ich weiß nicht«, sagte Nathan.
»Ehrlich?«
Er dachte eine Weile darüber nach, dann schüttelte er den Kopf. »Na ja, sie haben es mir erklärt, aber ich habe vergessen, was sie gesagt haben.«
»Das ist kompliziert«, sagte Chaya hilfsbereit in das Schweigen. »Menschen ändern sich.«
»Ich glaube, damit hing es zusammen«, sagte Nathan, glaubte jedoch nicht, daß es überhaupt eine Erklärung dafür gab.
»Wohnt dein Dad noch hier in der Gegend?«

»Er ist nach Boston gezogen.«
»Klasse«, sagte Chaya. Sie hob den Vorhang aus Haaren von ihrem Gesicht und lächelte noch so ein schiefes Lächeln. »Ich wünschte, mein Dad würde nach Boston ziehen.«
Nathan sagte automatisch: »Von wegen.« Bislang war es ihm gelungen, den furchteinflößenden Arzt zu vergessen, und er warf einen Blick über die Schulter. In der gegenüberliegenden Ecke des Zimmers sah er drei große Plastikkoffer und einen Gitarrenkasten, die wie zu einer nahe bevorstehenden Abreise ordentlich nebeneinander gestellt waren.
»Wohin gehst du?« sagte er und deutete auf das Gepäck.
»Nach Jerusalem«, sagte Chaya. »Morgen. Nein, heute. Heute vormittag.«
»Mit deiner Familie? Oder ganz allein?«
»Ganz allein.«
»Kommst du wieder?«
»Natürlich komm ich wieder, du«, sagte sie. »Mein Vater findet, ich sei – er will einfach, daß ich lerne, eine Israeli zu sein.«
»Oh«, sagte Nathan. Er war nicht sicher, was das im einzelnen bedeutete, aber er stellte sich Chaya plötzlich als Kranführerin am Rand einer riesigen Baustelle in der Wüste vor, wie sie einen Turbogenerator oder ein Bündel I-Träger in die Grube senkte, während sie der Staub der Negev-Wüste wie ein langer Schal umwehte.
»Haben sie dir gesagt, ich würde jeden ranlassen?« sagte Chaya. »Die Jungs?«
»So ungefähr«, sagte Nathan verdutzt, ehe ihm einfiel, daß er damit praktisch zugab, wegen des Sex hergekommen zu sein, wo er doch wegen – ja, weswegen war er gekommen? »Es war wohl eher eine Mutprobe«, sagte er. »Sie haben mehr oder minder gesagt, ich sei zu feige, zu dir zu gehen.«
»Keiner von denen hat je so auf meinem Bett gesessen wie du«, sagte Chaya.

Nathan überlegte einen Moment, was sie eigentlich damit meinte, und im nächsten Moment beugte er sich zu ihr und gab ihr einen Kuß auf die Lippen. Er tat dies nur auf gut Glück und rechnete nicht damit, daß sie ihn so energisch festhalten würde. Erschreckt und ohne den geringsten Schimmer, was er als nächstes tun sollte, griff er ihr mit einer Hand unter den Nacken und mit der anderen unter das Kreuz und lag dann ganz still in ihren Armen. Er spürte ihre Hüftknochen wie zwei Fäuste gegen seinen Körper drücken, und seine Lippen und irgendwie auch sein Atem verhedderten sich in ihrem Haar. Der Waschpulvergeruch ihrer Bettwäsche war überwältigend und süß.

»Bist du noch Jungfrau, Nathan?« sagte sie, die Lippen ganz dicht an seinem Mund.

Er dachte viel länger über seine Antwort nach, als er eigentlich mußte, und versuchte, sie so zweideutig wie möglich zu formulieren. »Gewissermaßen«, sagte er schließlich und wurde rot, so stolz war er auf die Gewandtheit dieser Antwort.

Sie lockerte ihren Griff, löste sich langsam von Nathan, ließ sich dann zurück auf ihr Kissen fallen und wirkte wieder gelassen. Er hatte das Gefühl, daß sie eine ganz andere Antwort erhofft hatte. Dann seufzte Chaya auf eine gelangweilte, theatralische Art, die sich für Nathans Ohren sehr erwachsen anhörte, und nun hatte er doch noch Angst, daß sie wirklich eine Torte geworden war, daß man jemand so restlos aus den Augen verlieren konnte, daß er ein anderer Mensch wurde, ohne daß man es mitbekam.

»Kannst du immer noch Augäpfel zeichnen?« sagte er.

»Augäpfel?« sagte sie mit verblüfftem Gesicht. »Klar kann ich das.«

»Chaya! Mara!« rief Dr. Feldman von irgendwo im Haus. Seine Stimme klang wie ein Axthieb. »Jetzt reicht's!«

Sie schreckten beide zusammen und starrten sich einen Moment an, wie Kinder oder ein ertapptes Liebespaar.

»Kann ich dir was sagen, Nathan?« fragte sie. »Wenn ich erst in Israel bin, komme ich *nicht* mehr zurück.«
»Du mußt zurückkommen«, sagte er und ergriff ihre Hand.
»Chaya!« brüllte Dr. Feldman von ganz weit weg. »Schlaf jetzt.«
»Ich werde dir schreiben«, sagte Chaya. »Gib mir deine Adresse.«
»Les Adieux Circle 6423. Kommt er hier runter?«
»Nein«, sagte sie. »Er hält dich für meine kleine Schwester. Die Adresse kann ich mir unmöglich merken. Ich schreib sie lieber auf.«
»Oh, laß mal«, sagte Nathan und stand auf. »Du brauchst mir keinen Brief zu schreiben.«
»Nein, warte. Moment.« Grinsend kletterte sie wieder aus dem Bett und ging zu einem blauen Holzschreibtisch unter der Treppe, die nach oben ins Erdgeschoß des Hauses führte. Nathan beobachtete, wie das Nachthemd auf ihrem kleinen Hintern hin und her rutschte, als sie sich vorbeugte, eine Schublade aufzog und dann auf der Suche nach einem Stift darin herumwühlte. Sie fand einen rosa Briefbogen und begann mit einem Schlumpf-Bleistift darauf zu kritzeln.
»Chaya, ich geh jetzt lieber«, sagte Nathan. Er strebte zur Tür.
»Warte!« sagte Chaya. Sie schrieb jetzt wie rasend in einer spitzen, langgezogenen Schrift, fast wie hebräische Schreibschrift, und mit einer Hand auf dem Türknauf wartete er, bis sie fertig war, und hoffte, daß Dr. Feldman nicht noch einmal rufen würde. Als sie den Stift weglegte, zog sie aus einer anderen Schublade ein rot-weiß-blaues Luftpostkuvert, faltete den rosa Zettel einmal, steckte ihn in den Umschlag und fuhr mit der Zunge über die Lasche. Dann beugte sie sich noch einmal über den Schreibtisch, strich ihr Haar zur Seite und schrieb etwas, das Nathan sogar aus einiger Entfernung als seinen Namen und seine Adresse erkannte.

»Na bitte, ich habe dir einen Brief aus Jerusalem geschrieben«, sagte sie und drehte sich zu ihm um. »Lies ihn nicht vor morgen.«
»Okay«, sagte Nathan. »Auf Wiedersehen.« Er nahm sie ungelenk in die Arme, hatte Angst, er könnte eine Erektion bekommen, und öffnete dann vorsichtig die Tür der Kellerwohnung. »Viel Spaß in Jerusalem.«
»Aber ich bin doch schon dort«, sagte sie, immer noch in dieser geheimnisvollen Schäkerlaune. Sie legte ihm links und rechts eine Hand auf die Schulter und küßte ihn auf die Wange. Nathan nahm etwas unsicher den Brief. Wahrscheinlich war es bloß irgendein Gekritzel oder eine Entschuldigung dafür, daß sie nicht mit ihm schlafen wollte.
»Ich weiß genau, was ihr da macht!« schrie Dr. Feldman in seinem komischen israelischen Akzent, und Nathan ging nackt in die Nacht hinaus. Er war nicht mehr ganz so betrunken, und diesmal wirkte der Weg um das Haus an dem Swimmingpool vorbei nicht sonderlich schön oder unheilschwanger. Der Hund im Nachbarhaus der Feldmans witterte Nathan und begann, ihn zu verbellen, und den restlichen Weg rannte er und versuchte die ganze Zeit über festzustellen, ob Dr. Feldman mit seiner Uzi hinter ihm her war. Als er durch den Feldmanschen Garten in den des Nachbarn lief, rutschte ihm das weiße Handtuch schließlich von der Hüfte, flatterte zu Boden und brachte ihn fast zum Stolpern; er überließ es Chaya, zu erklären, wie das Handtuch dort hinkam, und lief den Rest des Weges nackt weiter.
Er kam zur Beifahrerseite des Wagens und zögerte, als er die Hand schon auf dem Türgriff hatte. Sie schliefen, alle drei, Felix E. und Tiger lagen zusammengesackt links und rechts auf dem Rücksitz, Buster hatte sich auf den Vordersitzen des Wagens ausgestreckt. Das Radio lief ganz leise und warf grünes Licht auf Busters Schenkel. Die Jungen schnarchten so kräftig wie Kinder, und Nathan hatte plötzlich starkes Mit-

leid mit ihnen und wünschte, sie könnten einfach weiterschlafen. Wenn er in den Wagen stieg, das war ihm klar, würden seine Freunde wissen wollen, was oder vielmehr wieviel Chaya ihm gegeben hatte; und wenn er ihnen den Brief zeigte, würden sie lesen wollen, was sie geschrieben hatte. Er fürchtete, der Inhalt könnte ihm irgendwie peinlich sein, und nun sah er sich nach einem Versteck für den Brief um.
Anfangs dachte er daran, das weggeworfene Handtuch zu holen, aber er hatte Angst, noch einmal zurückzugehen, und wenn er den Brief in das Handtuch wickelte, wäre das Bündel sowieso ziemlich verdächtig. Dann sah er sich auf dem Rasen um, auf dem ihr Wagen stand, und suchte nach einer Stelle, wo er den Brief verstecken konnte, aber da war nur die silberne Rasenfläche, nichts als Gras und mattes Mondlicht. Unter den vorderen Fenstern des Nachbarhauses stand eine Reihe kleiner Büsche, und er versuchte, den Umschlag ganz tief zwischen ihre Blätter zu stecken, aber man sah ihn meilenweit, er spiegelte das Mondlicht wie eine Spiegelscherbe, und Nathan holte ihn wieder raus und sah sich noch einmal um.
Als er schon aufgeben und versuchen wollte, den Brief irgendwo im Wagen der Frenchs zu verstecken, unter einer Matte oder vielleicht sogar im Handschuhfach, entdeckte er ein Vogelhäuschen, das ungefähr zehn Meter entfernt am Zweig eines jungen Ahornbaums hing. Es hatte die Form eines kleinen durchsichtigen Hauses mit einem Giebeldach aus Plastik und gläsernen Mauern und war ungefähr zur Hälfte mit Vogelfutter gefüllt. Nathan nahm es von dem Drahthaken und drehte es um, seine Hände zitterten vor Angst und Begeisterung über die Rafinesse seines Plans. Er löste die Grundplatte aus Plastik, legte den Brief in das Vogelhäuschen und begrub ihn unter dem glatten, rieselnden Vogelfutter. Als er das Häuschen wieder an den Haken hängte, war der Brief fast nicht mehr zu sehen, und mit einer

gewissen Kaltblütigkeit schlenderte Nathan zu dem großen gelben LTD zurück.
Seine Freunde schreckten hoch, als Nathan wieder in den Wagen stieg; sie waren nüchtern und verlegen und strichen Nathan ständig über den Kopf. Sie wollten wissen, wie es Nathan in Chayas Zimmer ergangen war, und als sie langsam nach Hause fuhren, erfand er eine Geschichte voller raffinierter Orgasmen, präziser anatomischer Schilderungen und ein paar sinnliche Dialogfetzen in kaum erinnertem Hebräisch. Die anderen Jungs schienen ihm alles in allem zu glauben, obwohl sie überrascht waren, und gaben dem Starkbier und der hormonellen Erregung die Schuld, als Nathan nach der Hälfte der Geschichte plötzlich in Tränen ausbrach – sich dann aber wieder faßte und sein Lügenmärchen weiterspann.
In der nächsten Nacht schlich sich Nathan aus dem Haus, nachdem seine Mutter und Ed eingeschlafen waren. Er fuhr eine halbe Stunde auf seinem Rad durch die Dunkelheit, um den Brief aus Jerusalem zu holen. Kein Mond war zu sehen, und schwarze Gestalten schienen über die Straße zu huschen und drohend vor ihm aufzuragen. Am Haus der Feldmans hielt er an und betrachtete es, während er mit gespreizten Beinen über der harten Querstange seines Rads stand. Von dem Handtuch, das er hatte fallen lassen, war keine Spur zu sehen. Er konnte es nicht ertragen, daß Chaya nicht mehr in dem Haus war, daß sie so schnell verschwunden sein konnte. Er brannte vor Neugier, zu lesen, was sie ihm geschrieben hatte, doch als er an den beiden langen, von den Rädern des LTD im Rasen zurückgelassenen Narben vorbei zu dem Vogelhäuschen schlich, stellte er fest, daß es nichts anderes mehr enthielt als Vogelfutter. Ihm sträubten sich die Nackenhaare, und er wirbelte herum und rechnete fast damit, Chaya mit dem Brief in der Hand hinter dem Vorhang des niedrigen Seitenfensters ihres Zimmers stehen und ihn ausla-

chen zu sehen. Er blickte sich auf dem Rasen um, in der Reihe niedriger Sträucher und in den Zweigen des Ahorns, aber der Brief war nirgends zu finden, und nachdem er noch einige Minuten verdutzt gesucht hatte, stieg er wieder auf sein Fahrrad und strampelte nach Hause. Als er in dieser Nacht in seinem Bett lag, versuchte er sich vorzustellen, was sie in dem Brief geschrieben haben mochte, welche Liebeserklärungen, welches Leid, welchen Quatsch, welche Scham, welche Neuigkeiten über den Planeten ihrer Kindheit. Dann schlief er ein.

An einem Samstag, ein paar Wochen danach, waren Nathan und sein Stiefvater in der Küche und bemühten sich um die Eindämmung eines Streits um die Frage, ob in den Thunfischsalat kleingeschnittene Essigurken gehörten, so wie ihn früher Eds Großmutter immer gemacht hatte. Diese Kontroverse war lediglich die letzte und vielleicht banalste einer für Nathan und Ed allmählich entmutigenden Routine, und gerade als dieser höfliche, aber kompromißlose Schlagabtausch anfing, Nathan Magenschmerzen zu bereiten – ohne ihn freilich zum Einlenken zu bewegen –, kam Mrs. Shapiro-Knipper mit der samstäglichen Post in die Küche.

»Zwei Sachen«, sagte sie und reichte Nathan zwei Umschläge, einer davon dreifarbig und elektrisierend.

»Ich werde Gurken reintun«, sagte Ed. »Wirst schon sehen. Der Geschmack kommt beim Essen.«

Obwohl alles, was Ed mochte, von rohen Austern bis zu Pizza mit Ananas und Schinken, offenbar erst beim Essen schmeckte, sah Nathan diesmal darüber hinweg. Er stand vom Küchentisch auf und ging mit den beiden Briefen über den Flur in sein Zimmer. Der zweite, ein schlichter Firmenumschlag, stammte offensichtlich von seinem Vater, der Nathan noch nie einen Brief geschrieben hatte, und lange Zeit saß Nathan auf seinem Bett, ohne die Briefe zu öffnen, und

dachte über Briefträger nach, über verschlossene Kuverts und die Geheimnisse der Post.
Er nahm an, daß der Nachbar Chayas Brief in dem Vogelhäuschen gefunden hatte, bevor Nathan ihn hatte herausholen können, und daß er endlich eine Briefmarke drauf geklebt und ihn eingeworfen hatte. Da Nathan im Verlauf der letzten Wochen zu dem Schluß gekommen war, in Chaya verliebt zu sein, und viel damit zu tun gehabt hatte, in seiner Phantasie all die erforderlichen Pfeiler und Türme zu errichten und wehende Wimpel aufzuhängen, stellte das überraschende Eintreffen ihres Briefs, den er für verloren gehalten hatte, eine herrliche Ergänzung dieses Gebäudes dar, und er riß den Umschlag erst auf, als er es nicht mehr aushielt.

Lieber Nathan,

manchmal ist es hier sehr heiß. Ich habe tausend Freunde. Es ist unheimlich, wenn nachts geschossen wird.

Du hast mich in der Schule oft zum Lachen gebracht, daran erinnere ich mich.

»Nimms leicht.«

Alles Liebe,

Chaya

Er war bitter enttäuscht. Zum einen war es ihm äußerst unangenehm, daß er sie zum Lachen gebracht hatte; außerdem ärgerte es ihn – unsinnig, gewiß –, daß alles andere, was sie geschrieben hatte – und das war so wenig –, reine Hypothese war, so immateriell wie ihr Planet der Vögel oder die Ehe seiner Eltern oder das Baby, das im Bauch seiner Stiefmutter heranwuchs. Er steckte den Pseudo-Brief in den Umschlag zurück und riß ihn in Fetzen.

Er fühlte sich immer noch mies, als er es endlich über sich brachte, den Brief seines Vaters zu öffnen. Es waren ein paar kurze, kaum entzifferbare Zeilen auf einem gelben Zettel. Nach einigen launigen Worten über die Red Sox und Rickys Karatestunden hatte Nathans Vater geschrieben: »Deine Mutter hat mir erzählt, daß du ein paar neue Freunde gefunden hast, und sie macht sich ein bißchen Sorgen, weil du mit offenen Schuhen herumläufst. Binde dir doch die Schnürsenkel. Sei nicht böse auf uns, Nate. Ich weiß, daß jetzt alles anders zu sein scheint, aber du mußt dich daran gewöhnen. Ich werde dich immer genau so lieben wie alle Shapiros, die noch geboren werden.«

»Nathan?« rief seine Mutter durch die Tür seines Zimmer. »Komm zum Essen.«

»Mit Essiggurken find ich Thunfischsalat scheußlich«, sagte Nathan, aber er hatte die Lust an dem Streit verloren, und er stand auf, um mit seiner Mutter und Ed zu Mittag zu essen. Hastig rieb er sich die Augen trocken und sammelte den Brief seines Vater und die Fetzen von Chayas Brief ein, die verstreut auf seinem Bett lagen. Erst als er sie vorsichtig in das Roi-Tan-Zigarrenkistchen legte, in dem er seine wichtigsten Unterlagen aufbewahrte, bemerkte er die sonderbare schöne Briefmarke in der eingerissenen Ecke des Luftpostkuverts und den Poststempel in einer ausländischen Schrift.